海辺の坂道

もりの ゆき
Yuki Morino

文芸社

海辺の坂道 ◉ 目次

海辺の坂道

第一章

海辺の町へ

1

クーラーの効いたバスを降り、真夏の太陽のまぶしさに思わず目を細めた。昼下がりの海辺の町はひっそりとしている。バス停の先に白いミニバンが停まっているのが目に入った。車の横に立っている男の人が私に向かって手を上げる。迎えに来てくれたのは、父の弟の修介さんだ。

東京で学生生活を送る私はこの夏、伊豆の叔父の家に滞在することになった。大学三年の夏といえば、就職活動を本格的に始める時期である。本来なら私も、伊豆あたりでのんびりしている場合ではなかった。

「紗希、スーツ買った？」

友人にそう聞かれたのは五月の連休明けだった。

「スーツ？　なんで？」

「やっだあ、決まってるじゃないの。シューカツよ」

そう言われても何のことかピンとこなかった私は、かなりぼーっとしている大学生だと思う。

「みんな三年からスタートするんだよ。紗希は希望する会社とか職種とか、考えてる？」

大学の英文学科で学んでいることを将来どう生かしていけるのか、まったく見当もつかなかったし、さりとて具体的に興味のある職業というのもなかった。ただ漠然と、卒業したら就職しなくちゃ、という意識があるだけだった。

「説明会とか、インターンシップとか、早い人はどんどん行動してるらしいよ。あーあ、楽しい大学生活なんてたったの二年しかないってことだよね。ほら、これ見る？」

彼女は大学が作成したらしい、就職活動に関するパンフレットを差し出した。

しかし、とても自分の将来に向けて行動を起こす気持ちなどにはなれなかった。心の中に重くのしかかっていることが、前に踏み出す気持ちを私から奪っていた。

およそ半年かかった両親の離婚裁判が終わったのは、新緑が美しい四月の終わりごろだった。父より十歳も若い男を選んだ母と、ひとり娘の私を引き取った父の争いを直接見ることは、幸いにもなかった。だが、受話器を握りしめた父が、声を潜めて苦しげに誰かをなじる声を耳にしたことがあった。感情を持たないアンドロイドのような、抑揚のない声で話す弁護士からの電話を受けたりもした。

夜中にひとりでウイスキーのグラスをあおる父の背中を見るのはつらかった。私は、父の孤独感や怒りから目を背けようと必死だった。

この家を捨てて、別の男のもとに走った母のことを考えるのもいやだった。母は「女」という毒を持っていて、その毒のせいで私たち家族は病に侵されるようにバラバラになったように思えた。

裁判が終わってほっとしたのもつかの間、父はひどい虚無感に襲われたようだった。酒の量は増え、酔って帰宅する日が多くなった。酔った父は、私の知らない他人のようなまなざしをしていた。私の顔を見ると、いつものやさしそうな父の表情に戻るのだが、心の奥底に沈殿している暗い思いは、身体の内部から父を蝕んでいるように見えた。そのうち、夜遅く帰宅した父がカチャリと玄関のドアを開ける音を聞くのさえ怖くなり、布団の中で目を開けたまま自分の心臓の鼓動に耳を傾けていた。

七月初め、修介さんが訪ねてきた。彼は裁判中も心配して何度も足を運び、父と私の状況をよく理解してくれていた。

「紗希ちゃん、夏休みにうちの民宿でアルバイトしないかい？」

修介さんは私の顔を見て微笑んだ。父は、休日には昼間も離せなくなったウイスキーのグラスを見つめて黙っていた。

「兄さんもつらいだろうけど、自分の気持ちは自分でどうにかしなくちゃならない。どうかな？　夏休みの間、うちで紗希ちゃん預かるから、兄さんも気持ちを立て直す取っ掛りを探してみたら……」

父は無言のまましばらく修介さんの顔を見つめたあと、グラスをテーブルにコトンと置いてから何も言わずに頭を下げた。

父もわかっているのだ、このままではいけないということを。きっと、濁って見通しのきかない水の中で溺れながら、必死に手足を動かしてもがいているような心境なのだろう。そこから抜け出すには、もう少し時間が必要なのかもしれない。

「お父さん、私、伊豆に行ってもいいの？」

父はしばらくぶりに見るやさしい瞳で私を見つめて、小さくうなずいた。

大学の試験が終わった七月二十三日、私は伊豆に向かった。

修介さんが営む民宿は、伊豆半島の西側の小さな町にあった。一階と二階それぞれに二部屋ずつしかない、こぢんまりとした民宿だ。修介さん夫妻の住まいは、一階の奥に続いて建てられていた。

二階に上がる階段の脇に四畳半の和室があり、そこが私の仮の住まいとなった。畳の縁は若干色あせているし、ふすまも日に焼けて黄色っぽくなりかけている。木製の茶色の窓枠を見ていると、まるで昭和初期にでもタイムスリップしたかのようだ。東京出身の二十一歳の女子大生に与える部屋にしてはずいぶんと古くさい。それでも私はこの狭い空間がとても気に入った。窓からは、民宿の裏手にある小さな漁港に停泊する漁船が見える。窓を開けると、潮の香りと魚の匂いが混じった空気が部屋に流れ込んできた。

朝夕の食事の配膳、風呂の掃除、廊下の雑巾がけ、金魚とネコの餌やりが私に与えられた仕事だ。修介さんの奥さんの道代さんが、ひとつひとつやり方を教えてくれた。黒い丸いタイルが敷き詰められている風呂場の床をブラシで磨いたり、鈍い光沢をたたえたこげ茶色の廊下を四つん這いになって隅々まで雑巾がけしたりした。始めはとても大変だったけれど、四日もすると少しずつコツが分かってきて、きれいになった床をながめると心が満ち足りるようになった。

飼いネコの「ムサ」は、茶と黒とこげ茶が交じった毛をした雑種のネコだ。毛の色があまりにもむさ苦しいと道代さんが言ったことに大笑いした修介さんが、ムサと命名したらしい。おとなしい雄ネコで、餌係が私になったと学習したらしく、始終足下をうろついて喉をゴロゴロ鳴らすようになった。

昼間の暇な時間に、私は海水浴場に出かけた。自転車を借りて飛ばすと民宿から二十分ほどだ。さほど広くない海岸は、夏休みというハイシーズンにもかかわらずあまり混雑していない。江ノ島あたりの、人があふれている砂浜しか知らない東京育ちの私には、とても贅沢な秘密の海岸のように思えた。

浜に面した駐車場の横には公衆トイレがあり、簡易足洗い場もある。その奥に海の家が二軒並んで建てられていた。店の軒先には浮き輪やゴムボートなどが吊るされて、時折吹く海風に揺れる。そしてどちらの店にも、やきそばやカレーライス、ラーメンなどの定番メニューの張り紙がしてあった。

そのうちの一軒は、道代さんのお母さんの店だった。名はシマ子さんといい、とても七十歳には見えないほど色艶のいい顔をしている。背が低くふくよかな体型をしていて、私があいさつすると「サイダー飲むかい？」と声をかけてくれた。大きな氷を浮かべた水の中に入れられていたサイダーは、ずっと持っていられないほど冷えていた。

民宿に滞在するようになって一週間ほど経ったころだった。その日も海の家に来ていた私は、軒下に置いてある小さなイスに腰を掛けて海に目を向けていた。沖合は風があるのか、白波がたっている。

そこへ突然、若い男の人が不安そうな顔をしてやってきた。

「すみません、あの、五歳くらいの男の子来ませんでしたか？」

子ども連れで海水浴に来たのだろう。黒っぽい水着を着てビーチサンダルをつっかけている。

「ここにはいませんけど、もしかして迷子ですか？」

「はあ……。トイレから出てきたら姿が見えなくて……」

若い父親は心配そうに目線をあちこちに走らせながら答えた。私は子どもの水着の色などを聞いたあと、「一緒に捜しましょう」と言って立ち上がった。陽の下に出ると、肌が焦げ付くほどに熱い。父親は返事もそこそこに向きを変えて波打ち際の方へ歩き始めた。

私もあとに付いて捜しにいこうと思ったところへ、海の家の奥にある調理場にいたシマ子さんのすっとんきょうな声が聞こえてきた。

「ありゃ、清司さん。どこの子だい？」

声がした方に目を向けると、中年の男性が男の子を抱いて立っていた。その子は、今聞いたばかりの水着と同じものを着ているではないか。私は近づいて声をかけた。

「ぼく、もしかして井上コータローくん？」

男の子は、クリッとした目を私に向けて「うん」とうなずいた。私は「ちょっと待って」と言い残すと、急いで若い父親を追いかけた。彼は波打ち際で、目を皿のようにして周囲を見渡していた。

「あの、コータローくんが店に来たんですけど」

血相を変えて走り出した父親のあとを私も追った。父親に気づいた男の子は「パパ！」と叫ぶと、自分を抱きかかえていた男の腕から飛び下りた。父親は「どこ行ってたんだよー」と嬉しそうな顔をして男の子を抱きかかえる。それから何度も頭を下げて店を出て行った。

私は隣で親子の後ろ姿を見送っている男性に目を向けた。私より少し身長は高いが、男性にしては体つきが細い。切れ長の目と鼻筋の通った顔立ちは、どことなく繊細な印象を与える。

彼は私の視線に気づいたのか、少し照れたように微笑み「どうも」と軽く頭を下げた。

「このひと、石田清司さん。うちの近所のアパートに住んでるんだよ。清司さん、この子は紗希ちゃん。道代のダンナの修介さんの姪っ子で、この夏は民宿でアルバイトしてるんだ」

シマ子さんが間に入って紹介してくれたので、私と清司さんはお互いにもう一度頭を下げ合った。


それから私たちは、海の家で会うと話をするようになった。四十歳の男性がどうして昼間から海の家などに来たりするのだろう。普通の人なら仕事で忙しいはずなのに、と最初のうちはなんとなく敬遠していた。商社勤めの私の父は、毎日朝早く出勤し、帰宅は深夜になることも多かった。日経新聞を欠かさず読み、政治や経済の動向に常に目を光らせていた。

しかし、清司さんはそういった話はしない。彼は海や山、動物の生態、季節の移り変わりなど自然についてよく語った。普段そういったものに目を向けたことのない私にとって、彼の話はとても新鮮で心を惹かれた。そして、それを静かな口調で語る清司さん自身にも、私は次第に惹かれていった。

この日もシマ子さんにもらった冷えたサイダーを飲みながら、店の軒下にイスを並べておしゃべりをした。

清司さんは、「いろいろあって」会社員を辞め、「いろいろ切り捨てて」この伊豆に移り住み、仕事の合間に物語を書いているらしい。

「どうして物語を書くんですか？」

「書くことに没頭している間は、ぼくがぼく自身の存在を全く忘れてしまえるからだよ。それは書くことを通して自分自身と正面切って向き合っているのかもしれないし、逆に現実から逃げてるだけなのかもしれないけど」

清司さんはいつもどこか遠くを見ているような目をして話す。

「何か逃げたい現実がある……？」

すぐに返事はなく、清司さんは足下の砂を何度もつまみあげてはパラパラと落とした。

「誰だってそういうことはあるでしょ。紗希ちゃんは、そういうのない？」

両親の離婚という現実から、ただ目を背けたかった私は、そういう暗くてじめじめした部分を持っていることをさらりと肯定できることが、とても大人に思えた。

海の家によく来る陶子さんという人がいた。髪を後ろで一つに結って、いつもTシャツ姿に膝丈くらいのジーンズをはいている。海の家で使う食材を配達するのが彼女の仕事だった。小学六年生と四年生の姉弟をひとりで育てているシングルマザーだそうで、動きは機敏だし気も強そうだ。ぱきぱきした印象の彼女に私は圧倒され、初めて会った日には挨拶もせずにぼーっと立っていた。

「だれ？　あの子」

陶子さんは横目で私を見ながらシマ子さんに尋ねた。

「道代んところでアルバイトしてる紗希ちゃんだよ。今、大学が夏休みだから」

自分のことが話題になっていると気づいて、私は慌てて頭を下げた。陶子さんは「ふーん」と鼻から息がぬけるような返事をすると「学生はいいわね」と、私にともシマ子さんにともつかないように言ってからくるりときびすを返した。彼女から見れば、夏休みのアルバイトと称して民宿に居候し、妊婦服のようにストンとした水色のワンピースを着て、昼間から海の家の軒先でぼんやりとサイダーを飲んでいた私がいけ好かなかったのだろう。

以来、海の家で鉢合わせすると、陶子さんはいつも私にピリピリと痛いほどの視線を送ってくるのだが、決して話しかけてはこなかった。私の方も話すことはなかったが、それでもいつも黙って頭だけは下げた。


その日、民宿に五十代くらいの男性四人組が宿泊した。仲の良さそうなグループで、一階の客室からはにぎやかな話し声が途絶えることなく聞こえてくる。「ポットが空になってしまった」と言われて、お湯を満タンにいれたポットを抱えて彼らの部屋を訪ねた。すると質問攻めに遭い、「いえ、夏休みのアルバイトで……」「あ、大学は東京です」「はい、親戚です」とあれこれ説明をするはめになった。

「この近くに夕陽がきれいで有名な黄金崎っていう場所があるよね」

四人の中で一番背が高く、有名ブランドのポロシャツをさりげなく着こなしている男性に尋ねられた。

「ああ、そうですね。私はまだ行ったことないんですけど、有名らしいです」

伊豆には何度も来ているし黄金崎の名前も知っていたが、それでも実際に夕陽を見に立ち寄ったことはなかった。

「今回はね、そこの夕陽を見るのも旅行の目的のひとつなんですよ。まあ、オヤジ四人組で夕陽見るなんて色気ないけどね」

「いやいや、男同士で見るのもなかなかいいと思うぞ。オヤジ世代になったからこそできることだ。若いうちはそれこそ女の子連れてないと意味がない！　みたいに思ってたけどね」

「負け惜しみもそこまで論理的に言うと、もっともに聞こえるなあ」

陽気な彼らが声を合わせて笑った。私もつられて吹き出した。

夕食後には、四人で花火をすると言って、花火のたくさん入った大きな袋とバケツを提げて出て行った。なんでも四人は大学の同級生で、当時伊豆で毎年運動部の合宿をしたらしい。楽しそうな観光客を横目で見ながら、毎日厳しい練習に明け暮れた彼らは、大人になったらまたそろってここに来て、思う存分遊ぼうと約束したのだという。

「だから、今回は大学生のノリで遊びまくるんですよ」

そう言ってワイワイと出かけていく彼らを、私は玄関の外で手を振って見送った。

翌日海の家で清司さんに会ったとき、四人組の話をした。清司さんは微笑みながら耳を傾け、時々クスッと笑ったり「わかる、わかる」とうなずいたりした。

「紗希ちゃんは、黄金崎の夕陽を見たことないの？」

私が「まだない」と答えると、「じゃあ、今度行こう」と言う。

「それって、デートのお誘いですか？」

ジョークの中にほんの数パーセントの本気を込めて言ってみた。清司さんは一瞬驚いた顔をしてから、嬉しそうに笑った。

「こんなおじさんに誘われても嬉しくないよねえ。紗希ちゃん、ぼくの半分くらいしか生きてないいんだもんなあ」

確かにそうだが、ちっともそんな感じはしなかった。

「清司さんとならデートしたいです。今度行きましょ。ね」

「今度」というのがいつなのか具体的な考えはないままに、私たちは「デート」「デート」と二人で盛り上がって笑い合った。そんな気楽さが私は嬉しかった。

突然、車のドアがバン！　と閉まり、エンジンをかける音がした。振り返ると、海の家の横に陶子さんが配達に使う濃いグレーのミニバンが停まっていて、彼女がちょうど乗り込んだところらしかった。陶子さんは私たちの方をチラリと見てから、ハンドルを切って走り去った。彼女の刺すような視線は私に向けられたものに違いなかった。

2

八月半ばのある日、珍しく朝から雨が降っていた。風が吹くたびに強い雨が私の部屋の窓に吹きつける。窓から見える港の船は、白い曇りガラスを通して見ているかのように霞んでいた。

民宿の玄関で、道代さんがお客さんと話している声が聞こえる。

「そうですねえ。こんな天気じゃ美術館めぐりとかですかねえ」

小学生の姉妹を連れた家族が、どこか見に行くところでもないかと相談しているようだ。海水浴を一番の楽しみにしてきたようで、昨日の夕方に到着したときも、小学二年生の妹が空気の入った浮き輪を抱えていたのを思い出した。

十一時前には掃除も終わってしまった。今日は海の家も休みだろうと思った。

そのとき、「こんにちはー」と玄関から聞き覚えのある声が聞こえてきた。声の主は続けて「おじゃましますよ」と言って廊下に上がってきたようだった。私が部屋から顔を出すのと、調理場から道代さんが出て来るのが同時だった。

「あら、お母さん」

入ってきたのはシマ子さんだった。

「いただいた桃、持ってきたよ」

道代さんに紙袋を手渡しながら私に気づいてニコッとする。

「あら、紗希ちゃん。今日はあいにくの天気だねえ」

雨で海の家も休業すると言うので、道代さんとシマ子さんと私の三人で昼ごはんを食べようということになった。お客さんは出払っていたし、修介さんは何かの用事で出かけて留守だった。私たちは一階奥の道代さんたちの住まいでテーブルを囲んだ。

つるつると音をたててそうめんを食べながら、シマ子さん親子はあれこれと話をした。魚屋の長男が進学をやめて店を継ぐことになったとか、乾物屋のおじいさんが入院したとか、今年は野菜の値段がどうだとか、そんな話題が尽きることなく続く。母娘って、大人になってもこんな風にどうということもない話をするんだ、と思った。

母がまだ家にいたころ、私は母とどんな話をしていただろう。高校に入学したころまでは、いろいろなことをしゃべった記憶がある。学校の先生の悪口も、好きな男の子のことも、母には何でも言えた。母はいつでも「そうなの。それで？」と話を促しながら、楽しそうに耳を傾けていた。

私が成長するにつれて、母に言えないことや言わないことが少しずつ増えてきた。私の中では友達との関わりが一番大切なものとなり、母という存在は日常生活の中心から少しずつはずれていった。進学する大学のことも、友達や予備校の先生が一番の相談相手となり、父や母には「報告」程度の話しかしなかったかもしれない。

大学に合格したころには、受験から解放されて大はしゃぎの私からも、毎日遅くまで仕事に追われる父からも、母の心はひっそりと離れていってしまったのかもしれない。そんなころに、母はあの男と出会ったらしい。私はその男に会ったことはないし、会いたいとも思わない。その男といる母のことはそれ以上に見たくない。

母が家を去る日、私は自分の部屋に閉じこもったままだった。母はドアの向こうに立って、ドアノブを握りしめたままの私に小さく声をかけた。

「紗希、ごめんね。今までありがとう」

母に対する愛情と嫌悪感、寂しさと怒りが、私の頭の中でぐちゃぐちゃに混じり合い、ノブを持つ手が震えた。


「紗希ちゃん、どうかしたかい？」

シマ子さんの声ではっと我に返った。私は右手に箸を、左手につゆのお椀を持ったままの姿勢で微動だにせず座っていた。

「彼氏のことでも思い出してたんじゃないの？」

道代さんがケタケタと笑った。私の頭の中によみがえっていた激しい感情と、道代さんの言葉とのギャップになんだか気が抜けて、エヘヘ……と力なく笑った。

「紗希ちゃんの彼氏って誰だい？　清司さんかな？　この前、デートがどうとかって二人で楽しそうにしゃべってたからねえ」

シマ子さんの言葉に、私は思わず赤くなった。

「清司さんって、あの、通り沿いのアパートの人？」

「紗希ちゃん、仲いいんだよね。よく二人でしゃべってるもの」

突然そんな風に言われてどぎまぎした。だが、道代さんは眉をひそめてシマ子さんの顔を見た。

「やめてよ。あの人、もう四十くらいでしょ。それじゃ、紗希ちゃんがかわいそうすぎるわよ、ねえ？」

道代さんは同意を求めるように私を見たが、どう返事をしたらいいものか困った私は「はあ」とだけ答えた。

「それに、あんまりよくない噂もあるし。伊豆に来たのだって、なんだかいろいろあったからだっていうじゃない。それなのに、こっちに来てすぐに女の人とどうこうしたとか……」

え？　えっ……？　道代さんの口からは思いもかけない言葉が飛び出してくる。

「道代、紗希ちゃんの前でそんなこと言うもんじゃないよ」

しかし道代さんはやめなかった。

「紗希ちゃんのことお預かりしてるんだから、おかしなことになったりしたら責任問題だわ。お母さんも気を配ってやってね」

それから道代さんは、空になったそうめんのざるとつゆの器を台所に運ぶために立ち上がった。シマ子さんは小さくため息をついて、私の方をちらりと見る。私はどうしていいかわからずに下を向いた。

二時前に修介さんが帰宅すると、「さあ、仕事、仕事」と言って道代さんは立ち上がった。私はシマ子さんを見送りに一緒に玄関先まで出た。いつの間にか雨はあがっていたが、空はどんよりと曇ったままだった。

「あの……、清司さんってそんなにいろいろ噂されてるんですか?」

シマ子さんはやれやれというような顔をした。

「あれこれ言う人もいるけどね、あの人は本当にやさしい人だよ。うん、やさしすぎるのが逆によくないのかもしれないね」

シマ子さんは車のキーを出そうと、手に持っている巾着の中をごそごそとかき回している。

「だいたい陶子ちゃんとのことだってね、もともとは……」

そう言いかけて、はっとしたような顔をして作り笑いをする。

「紗希ちゃん、じゃあね。また遊びにおいで」

車に乗り込んだシマ子さんはエンジンをかけてそそくさと立ち去った。

「もう四十」「女の人とどうこう」「陶子ちゃんとのこと」そんな言葉が私の頭の中をぐるぐると回っていた。それでも私はなんとなく清司さんに会いたい気がした。すっきりしたあごの形、線の細い首、色白の額の上でゆれる前髪は、四十歳という年齢を感じさせない。そして、どこか夢見がちな目は純粋で温かかった。

ウイスキーのグラスと父、ドアの向こうでつぶやく母、私と並んで足を波に洗う清司さん、するどい視線を送る陶子さん。それらの映像が私の頭の中で次々に浮かんでは消えた。人を愛しく思う気持ちと誰かを憎む気持ち、それが頭の中でミックスされてごちゃごちゃになる。

やりきれない思いで空を見上げた私の目に映ったものは、雨上がりの空にかかる虹だった。見えていながら触れることのできない、不確かではかない美しさだった。

その三日後に夏祭りがあった。盆踊りや漁船パレードが行われ、夜は近くの砂浜で花火大会があるらしい。

「せっかくだから花火でも見に行ってきたら？」

道代さんが勧めてくれたので、出かけてみることにした。

「ゆかた、貸してあげるわよ」

道代さんに言われて一度は辞退したが、紺地に朝顔を染め抜いたゆかたと浅黄色の帯を見たら心が躍った。

「私と背丈も変わらないし、きっとぴったりよ」

道代さんに手伝ってもらいながら帯を締め、ゆかた姿を映した鏡を一緒にのぞきこんだ。

「うん！　いいね。ステキ」

帯と同じ黄色の鼻緒の下駄まで出してくれた道代さんが、玄関で見送ってくれた。

花火が見られる浜には、思ったより大勢の人が集まっていた。人々が広げたシートの上にはビールやサワーの缶が置かれ、笑い声が響く。その間を走り回る子どもたちは、手に水風船を持ったり、蛍光色に光る腕輪をはめたりしている。私は道路から浜に下りる階段の一番上の段に腰掛けた。昼間の暑さの名残はあったが、それでも夜風が頬や足首を心地よくなでる。

去年見た隅田川の花火大会が頭にあった私にとって、ここの花火大会は「縮小版」という印象だった。それでも暗い夜空に咲いた赤や青やオレンジに光る大輪の花は美しかったし、辺りに響き渡るボボーンという音は、いかにも夏の夜らしい風情があった。花火の打ち上げに合わせて歓声が上がるたびに、見ている人たちの心がひとつになるような一体感に包まれた。

去年の夏、一緒に花火を見に行った仲間たちは、今ごろどうしているだろう。みんな、就職や卒業に向けて熱心に取り組んでいるのだろうか。毎日をのんびりと過ごし、こんな風に花火を見上げているのは自分だけかもしれない。取り残されていくような不安が、ゆっくりと胸の奥に湧いてくる。色とりどりの花火を眺めながら、私はふとそんなことを考えた。

花火大会の最後を飾る連発花火が終わり、腹の底に響く連続音が嘘のように止むと、急に現実に引き戻された。家路につく人々のざわざわという話し声だけが耳に入った。

立ち上がろうとしたとき、階段を駆け上がってきた小学生の男の子が私の横でつまずいて転んだ。「大丈夫？」と声をかけると、痛そうに顔をしかめた男の子はコクンとうなずいた。私はひざについていた砂を払ってやった。

「走ったら危ないって言うのにきかないから転ぶんだよ。翔、平気？」

その声に聞き覚えがあって顔を上げると陶子さんだった。転んだのは彼女の息子のようで、隣には「翔」と呼ばれた男の子の姉らしき女の子が立っている。陶子さんによく似た顔つきをしていた。

「あ……、こんばんは」

いつもどおり、愛想笑いもできないまま私は挨拶をした。

「あら、どうも。翔、行くよ」

陶子さんは翔くんの手を取って、そっけなく歩き始めた。少し行ったところで翔くんがこちらを振り返ったので、私は小さく手を振った。

私も歩こうと思ったところで肩を叩かれた。振り返ると、清司さんがにっこりと笑って立っていた。

「最初、誰だかわからなかったよ。ゆかた、似合ってるね」

うれしかった。ゆかたを着てきてよかったと思った。

「ひとりで来たの？」

「はい。……清司さんは誰かと？」

そう言ったとたん、今別れたばかりの陶子さんの顔が頭に浮かんだ。もしかして一緒だったのかなと思ったが、聞いてはいけないような気がして黙っていた。先日シマ子さんが口にした「陶子ちゃんとのことだって……」という言葉が思い出される。やはり、清司さんと陶子さんは何かあるのだろうか。

「え？　ああ、まあね。一緒に帰ろうか」

私たちは人の流れに乗って歩き始めた。カラン、コロンと私の下駄が涼しげな音をたてる。清司さんはうちわで扇ぎながら「花火、きれいだったなあ」と独り言のように呟く。

「清司さん、ほんとは誰かと一緒だったんじゃないんですか？」

私が言ったことが聞こえなかったかのように、彼は返事をしなかった。

「もしかして、陶子さんと来てたんですか？」

何歩か歩いてから、私が横にいることをやっと思い出したような表情をする。

「なんでそんなこと聞くの？　陶子に会ったの？」

まるで物語の朗読でもしているかのように、ゆったりとやさしい声だ。しかし、彼が「陶子」と呼び捨てにしたことにはっとして、思わず隣を歩くその横顔を見つめた。清司さんは、「さっきまで一緒だったよ」と静かに言った。

「そう……」

花火を見て帰る人の波はまだ途切れずに続いている。私は自分の下駄の音に耳を傾けながら、清司さんと並んで歩いた。

3

夏祭りが終わると、海水浴客は日を追うごとに少なくなってきた。シマ子さんの海の家でも、ラーメンやカレーを食べにくる客が減りはじめ、暇な時間が少しずつ増えてきた。その日「店の裏を片付けるから、店番頼むね」とシマ子さんから言われていた私は、いつもと同じようにサイダーを飲みながら、ぼんやりと海を眺めていた。

「あのう、すんませーん」

急に大きな声が聞こえて、慌てて立ち上がった。振り返ると、髪を短く刈り込み、よく日に焼けた顔をした男の子が立っていた。歳は私とさほど違わないように見える。

「ここのばあちゃん、いますか？」

「ばあちゃんって、シマ子さんですか？」

いきなり「ばあちゃん」の所在を尋ねられて私は面食らったが、そう尋ねた本人も私の顔を見て驚いているようだ。男の子が頷いたので、「裏で片付けしてますけど」と店の裏手の方を指差したところにシマ子さんが顔を出した。大きなゴミ袋をひきずるようにして持っている。

「あれ、まあ。カイトじゃないか。どうした?」

「かあちゃんに用事頼まれて、すぐ近くまで来たから、ちょっと寄ってみたんだ」

「そうか、暑かったろう。サイダー飲むか?」

シマ子さんは私に言ってくれるのと同じ口調で「カイト」に冷えたサイダーを差し出した。

「あ、どーもっす」と言ったと思うと、プシュッとプルタブを引き上げてゴクゴクと飲み始めた。「カイト」は背が高く、体格もよくて、私のと同じサイダーがひとまわり小さく見えるほど大きな手をしている。肩までまくり上げた白いTシャツからのぞいている二の腕は、筋肉がたっぷりとついていて、汗が光っていた。

「〝うみ〟に〝ひと〟って書いて、海人っつうんだ。よろしく」

そう言ってニタッと笑う。私の頭の中で「カイト」という音に「海人」という漢字があてはまった。

人懐こそうな海人は「ばあちゃん、もう一本サイダーくれよ」と、ずうずうしく氷水の中に手を突っ込んでいる。シマ子さんは「あんまり飲みすぎるなよ」と言い残して、ゴミ袋を持ったまま店の脇に止めてあるミニバンの方へ歩いていった。

私たちは、誰もいない店でしばらくの間一緒に過ごした。

「あなた、シマ子さんの親戚かなにか？」

「そうじゃないけど、オレのばあちゃんがここのばあちゃんと親しくしててさ。ガキのころからしょっちゅう遊びに来てたから、まあ親戚みたいなもんかな」

「ふーん」

それでそんなに馴れ馴れしいのか……。

「身長一八二センチ、体重八五キロ、年は十八歳、誕生日は五月三日、星座は牡牛座、好きな食べ物は寿司、嫌いなのは……」

尋ねもしないのに自分のことをあれこれとしゃべる様子は、歳のわりには子どもっぽく見える。だが、無邪気な笑顔と遠慮のない「ガハハ」という笑い声には好感が持てた。

私があきれ顔で見つめているのを、熱心に聴き入っていると勘違いしたのか、「他に聞きたいことある？」と言ってくる。

「いえ、十分です」

「じゃあ今度は紗希ちゃんのこと教えて」

さっきまで「紗希さん」と呼んでいたのが、いつのまにか「紗希ちゃん」になった。

「えー？　別に話すほどのことなんかないよ」

「じゃあさ、好きな食べ物は？」

自分が話したのと同じことを次から次へと質問してくる。少々うっとうしいが、どこか憎めない人の良さが感じられる。

「もういいかげんにしてよ」

「じゃあ最後にとっておきの質問！　好みの男性のタイプは？」

海人はつやつやした顔で私を見る。

「あのね、あなたと正反対のタイプ」

私は声を上げて笑い、「私帰るね、バイバイ」と立ち上がって店を出た。ミニバンに荷物を積み込んでいるシマ子さんに挨拶をして、自転車にキーを差し込んだ。店の方を振り返ると、海人がこちらを見ている。私が手を振ると、彼も手を上げて応えた。ガッチャンと音をさせて自転車のスタンドが跳ね上がったとき、後ろから声がした。

「紗希ちゃん、またなー」

無性に楽しい気分だったが、私はわざと振り返らずに自転車をこぎ始めた。


それから一週間もしないうちに、海の家は閉められることになった。今年最後の営業日に清司さんと会った。花火大会の日以来だった。

「久しぶりですね」と声をかけると「ちょっと忙しくてね」と、心がポッと温かくなるような笑顔を向ける。以前シマ子さんに、清司さんは何をして生計を立てているのか尋ねたのだが、彼女もよくわからないと言っていた。

「公民館で何か手伝いのような仕事をしてるとは聞いたけど」

「独身で、ひとり暮らしなんですよね?」

シマ子さんはよく知らないのか、それとも答えたくないのか、微妙に視線をずらしながら「まあ、そうなんじゃないかねえ……」と言葉を濁した。

清司さんは過去に他人に言えないようなことがあったのだろうか。でも、当の本人はちっともそんな印象はなくて、いつも穏やかな笑みを浮かべている。周りの人があれこれ言ったり、勘ぐったり、そんなことはまったく問題にしていないように見える。

私たちは、海の家の軒先に小さなイスを並べて座った。

「紗希ちゃん、どうして空の色は青なんだと思う？」

私は一瞬言葉に詰まった。それから一拍出遅れた楽器演奏のように「は？」と言った。

「なんで緑とか茶色とかじゃないいんだろうって、思わない？」

私は清司さんが何を言わんとしているのか一生懸命考える。

「太陽の光は七色が混ざって透明になってて、でも青の波長が一番短くて、だから青が一番散乱して……」

乏しい知識を総動員して一生懸命説明してみる。

「あはは、紗希ちゃん、物知りなんだねえ」

清司さんは頭を軽く振りながら笑う。

「じゃあ、なんで青の波長が一番短いの？　どうして青なんだろう」

青って決まってるから青なんだと思いつつ、黙って清司さんの横顔を見つめた。

「ぼくはさあ、本格的な知識はなんにもないいんだけど、でもやっぱり空は青しかないと思うんだ。だって、木の葉や草は緑だし、地面は茶色でしょ。そしたらやっぱり空は青が一番いいと思うんだ」

小学生がぬり絵の色を決めているようだ、とおかしくなる。そう言われて見上げた空は、今日も底抜けに青く美しい。そうだよね、やっぱり青だよね、となんとなく納得する。

「地球の自然ってすごく理にかなってて、完璧な調和のもとにすべてが創られていると思うんだ。人間が作り出す芸術や技術もすごいけど、でもこの世の自然を超えるものはないような気がする。だから、人間の芸術の究極はきっと、自然にどれだけ近づけるのかっていうことなんじゃないかな」

こんな小さな砂浜で、なんの変哲もない波打ち際を眺めながら、この人はなんて壮大な話をするのだろう。

海岸から少し離れたところをかもめが飛んでいる。波頭の間で魚が一匹ジャンプする。そんな生き物たちの動きも、理にかなった自然の調和の中に置かれた究極の芸術なんじゃないかと思えてきた。

目を細めて海を見つめている清司さんの、少し長めの前髪を風がもてあそんでいるのを私はじっと見つめた。

「ここが閉まっちゃうと寂しいね」

清司さんの言葉が、透明な海風のように私の心の中を吹き抜けていく。

「そうですね。ここがなくなっちゃったら、どこで清司さんに会えますか？」

「いつでも、どこでも。紗希ちゃんが話したいと思ったら連絡してよ」

でも、清司さんは電話番号もメールアドレスも自分からは言わなかった。私もどういうわけか、尋ねなかった。

清司さんは、隣にいてもどこか距離を感じさせた。決して私の中に踏み込んでこないし、逆に私もそうできなかった。

軒先に吊るした風鈴がそよ風に揺れてチリリンと鳴った。伊豆の夏がゆっくりと終わりに向かっていた。


翌日、海の家を閉める手伝いをしようと駆けつけたときには、もう片付けはほとんど終わっていた。どこから借りてきたのか白い軽トラックが停まっていて、そこにシマ子さんがあれこれと荷物を積み込んでいる。

「まだ何か運ぶものありますか？」

私の声を聞いて海人がトラックの陰から顔をのぞかせた。

「よっ、紗希ちゃん」

黒いタンクトップのシャツから相変わらずたくましい腕をのぞかせて、首には白いタオルをかけている。

「海人、お目当ての紗希ちゃんが来てくれてよかったなあ」

シマ子さんが白い歯を見せて笑うと、海人は少しばかり赤くなった。

「ばあちゃん、そういうことは大声で言うなって」

三人で声をそろえて笑った。

荷物を全部積み終えると、シマ子さんが運転席に、私が助手席に座って軽トラックに乗り込んだ。海人は荷物と一緒に荷台に座り込んだ。

駐車場を出るときに、海岸をもう一度振り返る。このひと月のことがあれこれと頭の中を駆け巡った。清司さんと並んで海を見ながら話したこと、陶子さんと初めて会ったときのこと。東京からのおじさん四人組や地元の小学生と楽しくしゃべったこと。そんなことを思い出しながら眺めている海は、太陽の下で深い青色をたたえて輝いていた。

初めて訪れたシマ子さんの家は、古い平屋の一戸建てでとても広い庭があった。庭の隅に立ててある木の棚には、大きくて立派な緑色のヘチマがいくつも下がっていた。珍しくて、思わず手を伸ばして触ってみると、意外に固くて表面が少しざらざらしていた。他にも私の背丈ほどあるヒマワリが何本も同じ方向を向いて咲いていたり、真っ赤なカンナが夏の陽にじりじりと照らされていたりして、私は暑いのも忘れて庭を歩き回った。

「紗希～、スイカ食うかあ？」

会うたびに馴れ馴れしくなる海人が、今度は私を呼び捨てにしている。海人が座っている縁側には、切り分けた真っ赤なスイカがお盆の上に並んでいるのが見えた。

「年上の女の子を呼び捨てにするなんて、どういうこと？」

私がわざとむっとした顔をして尋ねると、すでにスイカにかぶりついて口の周りを赤くした海人はニッコリと笑った。

「ファーストネームで呼び合うのが、仲良くなる第一歩だって」

それから庭に向けて思い切りスイカの種を噴き出した。シマ子さんもやってきて「どれどれ、冷えてるかね」と言いながら腰を下ろす。私もお盆の上からひとつ手に取った。三角に切ってあるスイカのてっぺんをサクッと食べると、前歯に沁みるくらい冷えている。庭先をセミがジジジジッと鳴きながら横切っていった。

海人が帰ったあと、入れ違いに道代さんがやってきた。

「ごめんねえ。海の家閉めるのに何も手伝えなくて」

シマ子さんは台所できんぴらを作っていた。私はシマ子さんの飼っている三毛猫のミイちゃんを膝に抱いて縁側の方を向いて座っていた。シマ子さんの家はクーラーも入っていないのに、屋根が厚いせいか部屋の中は扇風機一台だけでもけっこう涼しい。

道代さんは家に上がると、まっすぐ台所に向かった。それから「あ、いい匂い。きんぴらね」と言って鍋をのぞき込んでいる。四十六歳の道代さんも、シマ子さんの前に出ると娘に戻ってしまうかのようだ。「味見、味見」と言って鍋に突っ込もうとする道代さんの手をシマ子さんはパチンと叩いて、「これ！　はしたない」と笑う。この母娘はいつも仲がいい。

道代さんが持ってきた水羊羹を食べながら三人でおしゃべりをした。

「そうそう、さっき史郎さんから電話があって、あさってこっちに来るって言ってたわよ」

私は驚いた。史郎さんとは道代さんの義理の兄、すなわち私の父だ。

「えっ、ほんとですか？」

父とは一週間ほど前に電話で話したのが最後だった。思ったより明るい父の声を聞いて、私は少しほっとした。

「昨日は、会社の連中とビアガーデンに行ってきて、そこから花火が見えたんだよ」

七月頃、いつも夜中にひとりでウイスキーのグラスを握りしめていた父からは考えられないような話を聞いてうれしかった。

「私もね、地元の花火大会を見に行ったんだよ。ちょっと小規模だったけど」

私がクスクスッと笑うと、電話の向こうで父も小さく笑った。父の笑い声を聞いたのはずいぶんと久しぶりだった。

「史郎さん、声が明るくなったみたい。紗希ちゃんも久しぶりに会うの楽しみでしょ。その日はちょうど二階の部屋が空いてるから、そこに泊まってもらえるわ」

約一ヵ月ぶりの父との再会は、いくぶん不安もあるが、やはり楽しみだった。その日は、二階の部屋をうんときれいに掃除しておいてあげようと思った。

翌日、朝九時ごろに海人が民宿にやってきた。

「ちわーっす。磯野屋でーす」

玄関の引き戸を勢いよく開けると同時に、ありったけの声でそう叫んだ。ちょうど玄関前の廊下を雑巾がけしていた私は、飛び上がらんばかりに驚いた。

「心臓止まるかと思ったじゃない！」

海人は白い発泡スチロールの箱を抱えたまま、ずかずかと廊下に上がってきて「そしたらオレが人工呼吸して助けてやるよ」とにんまり笑う。私は顔をしかめて「オエッ」と言ってやった。

「おっ、海人が配達なんて珍しいなあ」

調理場から修介さんが顔を出した。

「これ、いいカツオが入ったからって、かあちゃんから頼まれてきたっす」

海人は持っていた発泡スチロールの箱をひょいとゆすってから、修介さんに手渡した。

「暑かったろ。あっちで休んでけよ」

修介さんは廊下の奥の住まいの方をあごで指してから、箱を抱えたまま調理場に引っ込んだ。海人と民宿の関係が理解できずに呆然としている私に、海人は「花嫁修業が終わったら紗希も来いよ」と言い残して歩いていった。

掃除を終えて奥の部屋に行くと、海人は麦茶を飲みながら猫のムサとじゃれあっていた。

「こいつ、いいよなあ。紗希と同じ屋根の下で暮らしてるんだもんなあ」

頭をペタペタと叩かれても、ムサは気持ち良さそうに喉をゴロゴロ鳴らしている。

「海人のうちって魚屋なの？」

「おう、そうだよ。ここはうちのお得意さん。普通は修介さんが車で買いに来るんだけど、時々かあちゃんが配達に来たりすることもあるんだ」

そう言われて、以前魚屋のおばちゃんが来たことがあったと思い出した。それから、いつか道代さんとシマ子さんと三人でそうめんを食べたときに、魚屋の長男が進学をやめて店を継ぐことになったと話していたことが頭に浮かんだ。

「ねえ、今高三でしょ。卒業したらどうするの？　大学とか行かないの？」

海人は、今度は仰向けになったムサのお腹を大きな手でなでてやっている。

「ああ、店を継ぐよ」

一旦言葉を切ってから「オレ、あんま勉強できないしな」と付け足してニッと笑う。その笑い顔がどことなく寂しそうに見えた。

「オレさあ、高二まで地元じゃない違う高校にいたんだ」

ムサの脇腹を両側からつかんで持ち上げると、甘ったれた声でフニャアと鳴く。それを自分の足の上に置いてから海人は話を続けた。

「その高校でアメフトやってたの、オレ」

「アメフト？　あの、ヘルメットとかかぶって、ごっつい格好してやるスポーツ？」

海人は白い歯を見せて笑った。小学三年生のときに神奈川県に住む親戚のお兄さんのところへ遊びに行って、なぜかわからないがアメリカンフットボールの試合を見に連れて行ってもらったという。そこで見た選手たちのかっこよさと、身体ごとぶつかり合うプレーの激しさに惚れこんでしまったのだそうだ。

「だから高校生になったら絶対自分もやるんだって決めてたんだけど、静岡県内でアメフト部のある高校って少なくてさ。うちからじゃとても通えないから、親父の知り合いの家に下宿させてもらってたんだよ」

やけにガタイがいいのは、そんなスポーツをしていたからかと納得する。しかし親元を離れて暮らしながら部活動に熱中していたとは、海人らしい気もするがいろいろと苦労もあっただろう。

「でも、今はこっちの学校に通ってるんだよね？」

ムサが海人の膝の上で立ち上がってゆっくりと伸びをしたと思うと、静かに部屋を出て行く。私たちはなんとなくそろってそれを見送った。

海人は転校を決めたときのことを話してくれた。

高校二年生の二月中旬、春の大会に向けての練習が本格的に始まったころだった。海人の父が病気で倒れてしばらく入院することになった。退院後のリハビリもあわせると長期間にわたって仕事から離れなければならないようだった。その間、店の仕事と父の付き添いを母が引き受けることになる。祖母は健在ではあったが、とても父のこなしていた仕事をすべて引き受けるわけにはいかなかった。十歳の弟、九歳の妹もいる。一週間学校を休んで実家に帰ってきた海人は、その間の母や祖母の大変そうな様子を見て決心したという。

「かあちゃん、オレ、うちに帰ってきて地元の高校に転校する」

母と祖母は二人並んで座り、黙って海人の話を聞いていた。長い沈黙のあと、母は涙をひとつこぼすと、うなずきながら「助かるよ」と呟いた。

三学期の修了式の日が海人にとって最後の練習日となった。練習が終わったあと、部員全員がグラウンドに整列して海人に拍手を送ってくれた。みんなのサインが書かれた真新しいアメフトのボールと、女子マネージャーがフェルトで作った小さなユニホームのマスコットをもらったという。

「ま、魚屋の仕事にはけっこう向いてるかなって思うんだ。重い荷物も、アメフトで鍛えたマッチョなボクちゃんには軽いもんよ」

腕をぎゅっと曲げて、力こぶを見せる。ただのお調子者かと思っていたのに、この人もいろいろあったんだ……。私は黙って海人の顔を見つめた。


それからしばらくの間、学校の友達の話やアメフトをやっていたころのことなど、面白い話をたくさん聞かせてもらった。ふと時計を見ると十一時半を過ぎている。そう言えば、道代さんがまだ帰ってこない。一時間ほど前に「紗希ちゃん、ちょっと自転車借りてくわよ」と、本来はこの家のものなのに、今はすっかり私のものみたいになっている自転車に乗って出て行ったのだ。

「道代さん、遅いねえ」

壁に掛けられた柱時計を見上げてそうつぶやいたときだった。静かな部屋の中で、茶箪笥の前においてある電話が鳴った。受話器の向こうから聞こえてきたのは当の道代さんの声だった。

「あ……紗希ちゃん？　あー、あのね……、あいたた。今ねえ、ちょっと自転車で……」

声が少し苦しそうだ。

「どうしたんですか？　大丈夫？」

「転んだというか、落ちたのよ、穴に。今、病院に……あ、すみません。連絡してるところです」

電話の向こうで私以外の人ともしゃべっているらしい。海人が眉を寄せて心配そうに私の顔をのぞき込む。

「病院、行くんですか？　どこの、なんていうところに？」

道代さんが言った名前を私が復唱すると、海人はうんうんとうなずいてから部屋を飛び出していった。どこかから「えーっ！」という修介さんの叫び声が聞こえてくる。

「わかりました。とにかく修介さんに話してそっちに行きますね」

そう言って受話器を置いたのと同時に、修介さんが目をまんまるにして部屋に飛び込んできた。私と海人が修介さんの車に同乗して、三人で病院に向かった。

道代さんは左足首を骨折していた。自転車で歩道を走っていたときに、道路工事でできた大きなくぼみに気づかずに転倒したらしい。危険な箇所にきちんと囲いをしていなかった工事現場の落ち度だ、と修介さんは怒っていた。

「折れたところの骨が少しずれちゃってるから、あさって手術だって」

道代さんは白いシーツが敷かれたベッドの上で、大きくため息をついた。修介さんは、「骨折」「手術」という言葉にすっかり動揺して、見ていておかしいほどおろおろと部屋の中を歩き回った。

「まあ、私はどうにかなるにしても、民宿どうする？　明日からもずっとお客さん入ってるし」

修介さんははっとした顔をして道代さんを見た。

「そうだよな。今からこっちの都合でキャンセルなんてできないしなあ。まあ、とにかく頑張ってみるよ。紗希ちゃんもいてくれるしな」

修介さんは私の顔を見て力なく微笑む。

「でも、もうすぐ大学も始まるんだから帰らなくちゃならないでしょう。真夏ほどじゃないにしても、あなたひとりじゃ厳しいわよねえ。お母さんにでも手伝いにきてもらおうか」

私は二人の顔を交互に見つめながら、黙って話に耳を傾けた。何か二人の役に立ちたいと思った。

4

翌日、伊豆を訪れた父は、真っ先に道代さんの病院に駆けつけた。

「せっかく来ていただいたのに、こんなことで申し訳ありません」

頭を下げる道代さんに、父はお見舞いの花束を差し出しながら言葉をかけた。

「こちらこそ、取り込んでいるときにおじゃましちゃって」

ひと月の間に父の表情は明らかに変わった。目の下やあごの辺りにどんよりと浮かんでいた暗さが消え、落ち着きなく鋭かった目つきは以前のように涼やかな印象に戻っていた。

「紗希、ずいぶん日に焼けたな」

父は私を見て微笑んだ。こんな穏やかな父の笑顔を見たのは久しぶりで、胸の中がぽわんと温かくなる。

シマ子さんのミニバンで、私と父は民宿まで送ってもらった。修介さんが台所でバタバタと夕食の準備をしている。

「よう、兄さん、いらっしゃい。せっかく来てくれたのに、こんな状況で悪いねえ」

「こっちこそ悪かったかな。何か手伝うか？」

父は持ってきたカバンを入り口の脇に置いて調理場をのぞき込む。

「冗談じゃない。オレひとりの方がまだましだよ。二階でゆっくりしててくれ……あ、悪いけど夕食は一番最後に出させてもらうよ。紗希ちゃん、部屋に案内してやってくれる？」

修介さんは忙しそうに、冷蔵庫から大根を取り出すとまな板の上に載せた。父は苦笑してカバンを持ち上げると、「こっちかな？」と言って二階へ続く階段に向かった。

父と一緒に二階の部屋に入ると、傾き始めた夕方の太陽の光が窓一杯にあふれていた。そこから見える港は金色の光の中にあるようだ。窓を開けると、涼しい風とともに船のエンジンの音がかすかに聞こえてきた。

「変わらないなあ、この景色」

父はまぶしそうに目の上に手をかざして港に目を向ける。

「この部屋に泊まったことあるの？」

「うん。紗希が三歳くらいのときだったかな。車で愛知の方に旅行して、その帰りにここで一泊したんだ」

「お母さんも？」

あまりにも自然に口をついて出た「お母さん」という言葉に、自分自身も驚いて父の顔を見た。父は一瞬だけはっとした表情になったが、すぐに穏やかな顔つきに戻った。

「そうだよ。三人で泊まった」

父の前で最後に母のことを口にしたのは、いったいいつだったろうか。母のことがお互いの心の中に大きくのしかかっているのはわかっていながら、何かが怖くて決して口には出さなかった。

「父さんと母さんは、その頃ちょうど三十歳くらいだったんだなあ」

父は部屋の真ん中に立つ私に背を向けたまま、窓の外を見ている。母のことを口にする父の背中を見ていると、せつなかった。三十歳の二人は、四十八歳のときには別々に暮らしていることなど思ってもみなかったはずだ。幸せを持続していくことは、なんて難しいことなんだろう。十八年後に再びここにやってきた父は、昔と変わらないこの部屋から、変わらない風景をひとりで眺めている。

「紗希、手伝いがあるんだろう。父さんはここでゆっくりしてるから、気を遣わなくていいよ」

父は夕陽の中で私を振り返った。逆光でよく見えなかったが、笑顔でいたことは確かだった。

修介さんは大忙しだった。道代さんと二人でこなせばどうということもない仕事も、手伝いをするのが私では完全に力不足だった。見かねた父が皿洗いを買って出たが、それが助けになったのか足を引っ張ったのかわからないような状態だった。焼き魚をのせる皿を二枚割ったことで、父はすっかり意気消沈してしまった。それでも、ようやく片付けが終わって、くたくたになった修介さんと瓶ビールの栓を抜き、「お疲れさん」とグラスを合わせる父は、今まで見たこともないほど満足そうな表情をしていた。

翌日は道代さんの手術の日だった。朝食の配膳が終わり、チェックアウトをするお客さんの会計を早めに済ませてもらい、修介さんは病院へと急いだ。後片付けと掃除は、私と父で引き受けることにした。

ひと月あまりのうちに、民宿の仕事にずいぶんと慣れている自分に気づく。食事の片付けや寝具の取り替えなど、いつもは道代さんの脇について手伝い程度しかしたことがなかったのに、それなりに要領がわかっているようで手際よくできた。私が担当している風呂場掃除は父にお願いした。ズボンの裾を膝までまくり上げ、タオルを首に掛けて鼻歌を歌いながらタイルの床をブラシで磨く父は、家にいるときとは別人のように見えた。

そのうち海人がやってきた。父は初めて会う、やたらと体格のいい高校生に驚いた顔をしている。

「はじめまして、お父さん。島原海人といいます」

物怖じしない海人の態度に始めのうちこそ面食らっていたようだったが、そのうち二人は妙に打ち解けて楽しそうにしゃべっていた。ここに来たことが、父にとってもいい気分転換になりそうだ。

手術は午前中のうちに無事終了し、麻酔が覚めたのを見届けてから修介さんは帰ってきた。私と父は一生懸命手伝いをしたが、ひとつひとつ指示しなくてはならない修介さんは大変に違いないと思った。

夕飯の片付けが終わると、私と父はほっとして顔を見合わせた。

「大変だったなあ。紗希も疲れただろう」

「うん、まあね。でも、なんだか楽しかった」

まだ調理場に残っている修介さんに挨拶をしてから私たちは廊下に出た。

「紗希、ちょっと外を散歩しないか？」

父と肩を並べて歩くなんて考えたこともなかった。母とは買い物に出かけたり、たまに一緒に映画を見に行ったりしたこともあったが、父と二人きりで出かけた記憶はなかった。少し気恥ずかしかったが、私はサンダルをつっかけて父の後ろについて玄関を出た。

私たちは民宿の裏手にある港を通り、そこから少し歩いたところの狭い砂浜に向かった。波打ち際に立つと、海は黒いインクで塗りつぶされたように真っ暗で、小さく打ち寄せる波の音がささやくように聞こえるだけだった。

「お父さんは明日帰るんでしょ？」

暗い海を黙って見つめる父に尋ねた。

「ああ。修介が大変なときに、本当はもうちょっと手伝ってやりたいけど、父さんも仕事があるからなあ」

「うん……」

「でも、紗希がもう少しいられるからよかったよ。大学、いつから始まるんだ？」

「え？　ああ、えっと……。いつからだったかな」

父は私の顔を見て笑った。この二日の間に父は何度も微笑んだ。笑い声をあげたこともあった。ひと月前には考えられなかった。

「お父さん、あのね。実は、考えてるんだけど……」

父は私の考えを受け入れてくれるだろうか。言葉に詰まった私に、父は「どうした？」と尋ねる。私は足下に視線を落とした。

「えっとね……、そうできないかなって思ってるんだけど。その……、まあ、とりあえず私はそうしたいっていう話なんだけど……」

なかなか言い出せない。鼓動が少し速くなった。

「言いにくいことなのか？　いいから言ってごらん。何もそんなに構えることないさ」

父はそう言うと、砂浜に座り込んだ。私も同じように腰を下ろした。

「うん。……あのね、私もう少しここにいたいの。道代さんの代わりにはなかなかなれないけど、それでももう少しお手伝いを続けてみたい」

「それはいつまで？」

「わからない。少なくとも道代さんが仕事に戻れるまで」

「道代さんは、退院してもギプスが取れるまではしばらくかかるだろうし、それからリハビリをして、歩けるようになるまでは大変だろうね。ちゃんと仕事ができるのは、まだだいぶ先だよ」

「うん……」

「大学は？　あと半月もしたら始まるんだろう？」

「うん……」

「じゃあ、来週あたり戻ってこないと仕方ないな」

　私と父は海に顔を向けたまま、お互いに何も言わなかった。夜風が心地よく私の頬をなでる。言わなくちゃ。私は意を決して口を開いた。

「休学したいの、今期いっぱい。民宿で手が足りなくて困ってるの知ってて、自分だけ東京に帰る気になれないし、自分でできることやってみたいの。わがままだっていうのは十分自覚してるけど、でも、今帰ったら絶対後悔すると思うんだ」

しゃべっているうちに顔が火照り出したが、そこまで一気に言うと少し気が楽になった。父が隣で小さくため息をつくのが聞こえた。

「それに、自分の将来についても時間をかけて考えてみたいし……。同級生はもう就活始めたりしてるんだけど、私、これっていうビジョンがまったくないの。だからここでもう少し……」

「将来のことを考えるのなら、東京でだってできるだろう？」

「え？　うん、まあ、そうだけど……」

黙り込んでしまった私の横で、父がくすっと笑う。

「要するに、行き詰まっちゃったのかな。大学で勉強して、その先自分の将来にどうつなげていけばいいのかわからないとか」

私は思わずうつむいてしまう。

「まあ、家の中がごたごたしてたからなあ。紗希がそうやって思い悩んでしまう責任の一端は、父さんにもあるかもしれない。本当だったら、父さんとお母さんがいろいろと相談にのってあげるべきなんだろうけど、とてもそんな状態じゃなかったからね」

父の声はやさしかった。でも、そのおかげで余計に申し訳ないような気持ちになる。

「他の人より遅れてしまうんだよ。それでも大丈夫なのか？」

「うん。来年の四月には、必ず大学に戻るから。約束する」

私は自分の足先を見つめたまま、顔を上げることができなかった。父はしばらく黙っていたが、突然私の肩をポンと軽く叩いた。

「もう一度よく考えてごらん……って説得して考え変えるくらいなら、こんなこと言い出さないだろうなあ。紗希が何か大事なことを口に出すときは、たいてい心の中でそうするって決めちゃってからだから」

思いもよらない父の言葉に私は驚いて顔を上げた。

「本当はいろいろと言いたいけど、紗希ももう二十一だからな。あれこれ指図するのはやめておくよ。紗希も、父さんたちのことでは言いたいことがたくさんあったと思うし、それを聞いてやることもあのときの父さんにはできなかったから」

父が、自分の殻に閉じこもり苦しんでいたころのことを語るのを聞いて考えた。私だって道代さんのケガを口実にしているだけなんだと。

「ほんとはね、ただ逃げたいだけかもしれない」

父は黙ったまま小さくうなずいた。

「就活とか卒業課題とか、そういう現実に向き合う気力が湧かないだけなのかも……」

少しして「そうか」と父は言った。もっともらしい理由をつけても、休学というのが甘えにすぎないということは、最初からわかっていたに違いない。それでも反対はしなかった。

父は折り曲げていた膝を伸ばし、両手を砂浜について心持ち身体をのけ反らした。

「ここは星がたくさん見えるんだなあ。この前、家に帰る途中で空を見上げたら、あまりにも星が少なくて驚いたよ。紗希が子どものころはもう少し見えてたはずなんだけどな。空を見上げるなんてことを忘れてる間に、東京の空はすっかり変わっちゃって、いつも自分の頭の上にあると信じてた星空は、どこにもなかったよ」

私も空を見上げた。

「人の心もそれと同じかもしれないな。あると信じてたものが、いつまでも変わらずそこにあるとは限らない。こうであると思っていた人も、幸せを感じたり傷ついたりしながら、少しずつ変わっていくんだ」

浜のそばに立っている電灯から届く弱い光に照らされた父の横顔は、とても穏やかだった。母のことでゆがんでいた父の心は、熱せられたガラス玉がだんだんと冷えていくように、ゆっくりと時間をかけて元の形を取り戻し始めているのかもしれない。

「自分でそう決めたら、責任を持ってやるんだよ。大変でも、うまくいかなくても、誰のせいにもできない。自分が選んだことなんだから」

私はゆっくりとうなずいた。今までどこか遠い存在だった父を、この二日間一緒に過ごすうちに身近に感じ始め、そして今は、その存在がとても頼もしいと思えた。

「しかしそうなると、またしばらく父さんはひとり暮らしだなあ。ま、それもいいか」

大きな家でたったひとり、ひっそりと食事をする父を想像する。暗い玄関には父の靴だけがあり、流しの洗い物カゴにはひとり分の食器だけが伏せてあるのだろう。

美しい星空を父と並んで眺めながら、清司さんも今同じようにこの空を見ていたらいいのに……と、ふと思った。

第二章　なくしたもの

1

九月に入ってから道代さんが退院してきた。術後の経過は良好だったが、なにしろ松葉杖が離せないので、修介さんと私は、仕事と道代さんの介助の両方に追われる毎日となった。

退院から一週間過ぎた日、民宿には泊まり客がひとりもいなかった。夏休みが終わり、平日は時々空室があるようになってきた時期だった。

「紗希ちゃん、今日はのんびりしておいでよ」

修介さんにそう言われて、昼ごはんを済ませた私は久しぶりに自転車をこいで海水浴場に向かった。

九月といえども、まだ日中は充分に暑くて、海水浴を楽しんでいる人たちの姿も見られた。ビーチパラソルや水着姿の人たちを見ると私の心は躍った。シマ子さんや海人、そして清司さんに出会ったこの海岸の夏の景色は、宝物のように思えた。

波打ち際ぎりぎりのところに私は腰を下ろす。サンダルを脱いで足先を波に浸すと、こうして何度か一緒に過ごした清司さんの顔が頭に浮かんだ。どこか遠くを見つめるように話をする横顔、目を細めて白い歯を見せる笑い顔、そして手のひらで砂浜の砂をすくい上げ、指の間からさらさらと落としてみせるときのうつむき顔。私よりずっと大人なのに、過去のある時点から大人になることをやめてしまったような、純粋でどこか頼りない、それでいて妙に研ぎ澄まされた感覚を持った不思議なひとだと思った。

私は長い時間そこに座って海を見つめていた。ひとりきりで静かな時間だった。

誰かが歩いてきて私の横で立ち止まった。顔をあげるのと同時に、隣にしゃがんだのは清司さんだった。

「久しぶりだね」

彼が私と同じように波打ち際に腰を下ろすと、まるで私は今日この人に会うためにここに来たような気がしてくる。

「元気だった?」

一緒にいるときにいつも感じる、ふわりとやわらかい感覚に包まれた。

「今日は民宿にお客さんがいなくて、久しぶりにお休みもらいました」

「紗希ちゃん、大学休学してしばらく手伝いするんだって？」

私の驚いた顔を見て、清司さんは「シマ子さんがそう言ってたから」とにっこり笑った。

「ここに来たことで、紗希ちゃんの人生の方向を狂わせちゃったら困るって。大学っていうのはそんなことできるのかっていろいろ聞かれたんだ。ああ見えて意外と心配性だから」

私たちは顔を見合わせて笑った。

「じゃあ、あとでシマ子さんのところに行ってみようかな」

うん、とうなずいてから清司さんは言った。

「でもさ、人はいつでも正しい方向に向かって生きているとは限らないよね。脇道に逸れたり、あと戻りしたり、立ち止まったまま動けなくなることだってある」

私は、大学を休学するという自分の選択を肯定されたような気がして嬉しくなった。

「……っていうより、人生に方向なんてあるのかなあ」

清司さんは足を伸ばして空を仰いだ。

「それでも結局、最終的にはみんなゴール目指して進んでいくんじゃないですか？」

「ゴール目指して？」

「はい。生き方は人それぞれでも……。私の場合、休学は回り道かもしれないし、逃げ道かもしれないけど」

海は凪いでいた。透明な波が遠慮がちに私の足先を洗う。ゆっくりと円を描いて飛ぶトンビの鳴き声が空高くから聞こえてきた。

「思うんだけどね、人生に目指すべきゴールなんてないんじゃないかな」

思いがけない言葉に驚いて、私は思わず清司さんの横顔を見つめた。

「誰しもどこかにたどり着くために生きているわけじゃなくて、こうして生きている時間そのものが人生なんだよ。だから、回り道も近道もないし、どこかで幸せへの扉が自分を待っているわけでもない。人生が歩くことなら、歩いている瞬間にこそ幸せがあるはずだし、悲しみも絶望ももちろんそこにある。立ち止まって動かないことだって、生きているひとつの形なのかもしれないしね」

私は戸惑った。今まで、こんな風に言う人には会ったことがなかった。大人は誰しも「前向きに考えろ」「へこたれるな」「努力するんだ」と私に言葉をかけてきた。学校の先生も、両親も、塾の先生も、部活動の顧問も。だから私は時には自分の心に鞭打って、前へ前へと思いながら生きてきたのに。

でも、もしかしたら清司さんが言う通り、人の生き方には、誰にとっても絶対的な方向性なんていうものはないのかもしれない。生きるということは、舵を握る者がその航路を見出していく、大海原の旅なのかもしれない。

「もし、人間の正しい生き方なんてものが決められてたら、きっとぼくなんか生きていく価値もなくなっちゃうかもしれないよ」

清司さんは私の顔を見て笑う。

「でも、ぼくはぼくの生き方しかできないし、それを無理に誰かの基準に合わせようとも思わない。ぼくのこれまでの人生は、自分だけに与えられた出来事の積み重ねだからね」

私は自分の魂が吸い取られていくかのように、彼の言葉に惹きつけられた。それと同時に、その言葉の中に何か悲しげな響きを感じた。

私が清司さんのことをじっと見つめているのに気づくと、慌てたように笑顔を作る。

「あ、でもこれは、四十歳のぼくが思うことで、紗希ちゃんにもそれを押しつけてるわけじゃないんだよ」

「私、清司さんの言ってること、よくわかってないかもしれないけど……、それでも、なんていうか、そうかもしれないって思います」

自分の心の中で渦まいている思いを、うまく言葉で表せないことをもどかしく思いながらも、私は自分の感じていることを清司さんに伝えたかった。二十一歳の君にはわからないよ、とは思ってほしくなかった。

「ぼくは、どんな生き方も否定したくないんだ。どれだけ他人から陰口をたたかれようと、そう生きるにはそれなりのことがあったからだと思うんだ。人に迷惑をかけることも、罪を犯すこともいけないことだけれど、それでもみんなそれまでの人生を歩いてきた結果がそうさせてしまうんだ」

清司さんは私のすぐ隣に座っているのに、彼の気持ちや心の内で見つめているものは、ずいぶんと遠くにあるように感じられた。

「どんな人間の生き方も受け入れられれば、だれのことも恨まずに済む、嫌わずに済む。自分に対してどんなに過酷なことを強いた人にも、それなりの理由があったんだと思えれば、自分に課せられたものも素直に受け止めて、穏やかに生きていけるんじゃないかと思うよ」

彼の言っていることは、抽象的で難しかった。それでも、なにか強いインパクトをもって私の心に響いた。

どんな人間の生き方も受け入れられれば……。それは、私の母の生き方も受け入れるということなのだろうか。夫と実の娘を置いて家を出て行った母の生き方も、清司さんは受け入れるというのだろうか。

一瞬だけ、私の心の中に抑えがたい激しい感情が湧き上がる。それからふと我に返り、隣にいる清司さんに目を移した。

清司さんは、まっすぐ水平線を見つめていた。彼が言ったことは、私に向けて言ったというより、彼自身の心の中にずっと場所を占めている何かについてなのではないかと思った。なぜなら、彼の目も心も、私には向けられていないと感じたからだ。私は、清司さんの心を縛り付けている見えない何かに、心ならずも嫉妬を覚えた。

清司さんと別れたあと、私はシマ子さんの家を訪ねた。七年前に病気でご主人を亡くして現在ひとり暮らしのシマ子さんは、私の訪問をとても喜んでくれた。

居間の隅にある仏壇に線香をあげるため蝋燭に火を点けていると、「紗希ちゃん、よかったら夕飯も食べておいきよ」と台所から声がした。

「アジの干物と筑前煮だけど、そういうの好きかい？」

煮物のいい匂いに惹かれて台所に行くと、醤油の入った大きなペットボトルを持ったシマ子さんが立っていた。私の母は、どちらかというとイタリアンとか中華料理とかが好きで、和風の煮物や焼き魚が食卓に並ぶことは少なかった。だから私にとって、そういったものは何か特別で、たまにしかもらえないご褒美のような料理だった。

「わあ、そういうの食べたい！　いい匂いですねえ」

シマ子さんはにこにこしながら、鍋の中にとぷとぷと醤油を注いだ。

日が傾き始めた庭を眺めていたら、トンボが二匹、じゃれあうように飛んでいった。窓を開けると、どこからかコオロギやマツムシの鳴き声が聞こえてくる。民宿の忙しく落ち着かない暮らしからは考えられないほど静かだ。ひっそりとした庭を見ていたら、ここで毎日こうして暮らしているシマ子さんは寂しくないのだろうかと思った。

それから私は母のことを考えた。母も、こうした静寂に包まれた家の中でひとり、私や父の帰りを待っていたのだろうか。テレビを見ることがあまり好きではなかった母は、よく小さい音でラジオをかけたり、音楽を聴いたりしていた。だんだんと暗さを増す日暮れ時に、母はどんな気持ちで私たちの夕飯を作り、風呂を沸かし、玄関の外灯を点けたのだろう。

「ぼくは、どんな生き方も否定したくないんだ。どれだけ他人から陰口をたたかれようと、そう生きるにはそれなりのことがあったからだと思うんだ」

清司さんはそう言った。ああいう生き方を選んだ母の心の中には、どんな思いが積み重なっていたのだろう。ひとりきりでいる時間の静かさを、私は初めて自分自身で感じた気がした。

シマ子さんと二人で、丸いテーブルに向かい合って夕食をとった。まるで、親戚のおばあちゃんの家に遊びに来たような、うきうきした気持ちで私はシマ子さんとのおしゃべりを楽しんだ。

「紗希ちゃん、大学の方は大丈夫なのかい？」

シマ子さんはアジの身をほぐしながら私に尋ねた。「ああ見えて心配性だから」と言っていた清司さんの言葉を思い出す。

「はい、ちゃんと届けも出してあるし、父ともきちんと話をしてありますから」

「そう、それならいいけど……。道代のケガがもとで紗希ちゃんに迷惑かけちゃって、なんだか心苦しくて」

私は真っ白なご飯を頬張ったまま、首を横に振る。

「迷惑とかそんなの全然ないです。私がそうしたくて決めたことだから」

「そうならいいんだけど……」

シマ子さんは相変わらずの表情で煮物に箸を伸ばした。

「清司さんが、シマ子さんは心配性だから、って笑ってましたよ」

「あら、やだね、そうかい？」

笑ったシマ子さんの目尻には細かいシワがたくさん寄った。それがとても温かくやさしそうに見えて、私は思わずシマ子さんに尋ねた。

「あのう、清司さんって、過去に何かあったんでしょうか」

シマ子さんが私の顔を見た。

「前に道代さんが、伊豆に来たのもなんだかいろいろあったから、みたいなこと言ってたし、清司さんって何か悲しいことでもあったのかなあって」

昼間話をしたときの、遠くを見つめる清司さんの横顔が頭をよぎる。

「紗希ちゃん、何か聞いたの？　あの人から」

「いいえ、そうじゃないけど……。今日、話をしたときにそんな風に感じたんです」

シマ子さんはきっと何か知っているに違いないと思った。

「清司さんは、どんな生き方も否定したくないって。みんな、それまでの人生を歩いてきた結果がそうさせてしまうだけだって。話してて、清司さんは何か遠い昔にあったことを思い出しながら、自分に言い聞かせているみたいでした」

シマ子さんは「お茶いれようか」と立ち上がり、急須と湯呑みを持ってきた。お茶の葉を入れた急須にお湯を注ぐと、煎茶のいい香りが広がる。美しい緑色をした液体が入った湯呑みを私の方へ差し出し、一度大きく深呼吸してからシマ子さんは言った。

「あの人はね、昔、自分の子どもを亡くしてるんだよ」

「えっ？」と言おうと思ったのに、言葉が出なかった。子ども？　亡くした？　思いがけない話に私は口を開けたままシマ子さんの顔を見つめた。

「ちょうど今年で八年になるのかねえ……。交通事故で亡くなったとき、お嬢さんは六歳だったたって言ってたよ」

「おじょう……さ……ん」

急に清司さんが、とても遠い存在になった気がした。素足にサンダル履きで、波打ち際に足を投げ出す清司さん、サイダーの瓶を傾ける清司さん、「どうして空の色は青なんだと思う？」とにっこりした清司さん、そして「久しぶりだね」と私の横にしゃがんだ清司さん。そういった私の知っている清司さんと、今シマ子さんが話している人は別人なんじゃないかと思った。

「あの人がね、ここに越してきてひと月くらい経ったときだったかねえ。もう、四年も前になるけど……」

その日の夕方、帰宅したシマ子さんは、近くのアパートの階段から降りてきた清司さんとすれ違った。妙に赤い顔をしてふらふらと歩く清司さんにシマ子さんが声をかけると、「どこか近くに薬局か病院はありませんか？」と聞いたらしい。なんでも高熱を出し、どうにかしなくては、とあてもなく部屋を出てきたらしかった。シマ子さんは「近くには病院も何もないから、とにかく寝てなきゃだめだよ。うちにある薬を持ってきてあげるから」と言って、清司さんを部屋まで送り届けた。解熱剤や氷枕を持って再び清司さんの部屋を訪れ、押入れからありったけの布団や洋服を出して掛けてやり、ほとんどからっぽの冷蔵庫からあるだけ氷を取り出して頭を冷やし、薬を呑ませたという。それがシマ子さんと清司さんの出会いだった。

次の日、そしてその次の日もシマ子さんは清司さんの部屋に行った。おかゆやスープを届けて食べさせてやると、三日ほどで清司さんは元気になった。

「あんた、いくら男のひとり暮らしだからって、もう少しまともに食べなきゃだめだよ。また身体こわしちゃうからね」

そう言って「これ、身体にいいらしいから」と青汁の入ったコップを手渡した。清司さんは顔をしかめながら飲んでいたが、それでもどことなく嬉しそうだったらしい。

「そのときね、部屋の隅にあった戸棚の上に小さなお位牌があるのに気がついてね」

シマ子さんはわずかに首を傾けて、そのときのことを思い出すような表情になる。

「親御さんのかい？　って聞いたら、あの人、首を振って『娘です』って言ったんだよ。もう、びっくりしちゃってね」

飲もうと思ってつかんだ湯呑みを持ち上げる気にもなれず、私はそれを両手で握りしめたまま話を聞いていた。

「小学校にあがって一年も経たないうちに交通事故で亡くなるなんてねえ。かわいそうだよ、お嬢さんも、親も……」

シマ子さんの話では、それをきっかけに奥さんともうまくいかなくなり、しばらくしてこの伊豆に移ってきたらしいということだった。

「なんでも東京にいるときは、ずいぶんと立派な会社に勤めてたらしいよ。なんとか商事だか証券だかって言ってたんでね、知り合いに聞いてみたら『そりゃトップ企業だから、そんなところなかなか就職できないぞ』って言われたよ。なんだか想像つかないけどねえ」

バリバリの証券マンだか商社マンだった清司さんは、キリリとネクタイを締めたスーツ姿で高層ビルの建ち並ぶ都会を歩いていたのかもしれない。満員電車に押し込まれて会社に通い、夜はかわいい娘が待つ我が家へと帰る。日曜日には、家族そろって遊園地やドライブに出かけたのかもしれない。東京にはごまんとあるサラリーマンの生活だ。しかし、そんな生活が娘の事故死によって百八十度変わってしまったというのか。

「まあ、大変だったろうねえって言うのは簡単だけど、実際は、私たちには想像もつかないくらい悲しかったろうし、悔しかったろうし……。本当に辛かったろうね」

シマ子さんはお茶をすすった。私も湯呑みを口元に持っていった。ほんのりと温かいお茶が、やさしく私の唇を潤した。

「もう暗いから車で送っていこうか」というシマ子さんの申し出を断って、私は自転車を押しながら歩き始めた。シマ子さんから聞いた清司さんの話が頭の中をぐるぐると回っていた。

自転車を押しながら、シマ子さんの家の前の通りを帰り道とは逆方向に行ってみた。話に聞いた通り、清司さんの住むアパートの入り口がそこにあった。二階へ続く外階段があり、そこから奥に進んで二つ目が彼の住む部屋だ。部屋には電気がついていた。

私は急に清司さんに会いたくなった。どうしても会いに行かなくてはならないような気がしてきて、気づいたときには自転車を停めて階段の手すりに手を掛けていた。二段ほど上ったとき、二階のどこかの部屋のドアが勢いよくバタンと閉まる音がした。そして、バタバタという足音がそれに続いた。反射的に私は上りかけた階段を下りて、その裏側に隠れた。

「ちょっと待って、これは受け取れないよ」

清司さんの声だった。私の心臓が跳ね上がる。

「待ってってば」

誰かを追いかけているようだった。私は階段の隙間から、降りてきた二人の人物に目を凝らす。清司さんより先に下りてきた人のふくらはぎが見えた。膝丈のジーンズにサンダル履きの女性の足だった。

「どうして？　どうして今更そんなふうに言うの？」

心臓が勢いよく脈を打ち始め、耳の中でぐわんぐわんと大きな音が反響しているようだ。

清司さんの前に階段を降りてきたのは陶子さんだった。清司さんは何かを渡そうとしているのに、陶子さんはそれを拒否しているらしい。陶子さんが立ち止まると、それに合わせて清司さんも追いかけるのをやめた。重苦しい沈黙が流れた。

「私にはもう関わりたくないってこと？」

清司さんは首を小さく横に振った。

「陶子がずっとぼくのことを支えようとしてきてくれたことは感謝してるよ」

陶子さんは黙って清司さんを見つめていた。

「ぼくはいつまでたっても、ひとりでがんばってる君に何もしてやれないのに」

「私だって清司のことをずっと支えにしてきた。子どもたちだってあなたのおかげで

「……」

「いつだって自分のことで精いっぱいで、陶子からの助けを一方的に受けてる。精神的にも、金銭的にも」

金銭的に？　陶子さんは清司さんをそんな風に援助していたのだろうか？

「別にそんなつもりで……。迷惑ならそう言って」

「そんなんじゃないよ」

清司さんは弱々しく否定した。

「それじゃあ、なんなのよ。今までずっとそうしてきたのに、どうして今さら……」

清司さんを責め立てる言葉が途切れた瞬間、私は彼女が泣いていることに気づいた。

「陶子……」

清司さんがそう言ったとき、陶子さんは突然清司さんにつかみかかった。私にはそう見えた。だが実際は、陶子さんは清司さんにしがみついて泣き始めたのだった。

「清司は少しずつ離れてくみたい。なんでよ。なんでなのよ……」

陶子さんはそう言って泣いていた。言葉はきついのに、なぜかその声は私の胸を締め付けた。陶子さんの両手は、清司さんの胸のあたりをつかんでいた。そして両肩が小刻みに揺れていた。清司さんは、陶子さんにされるがままに立っている。私はその背中を呆然と見つめていた。

やがて清司さんは陶子さんの両腕をそっとつかんだ。

「そうじゃなくて、ただぼくは……」

陶子さんは、清司さんの胸に押し当てていた額を静かに離すと、彼の顔を見上げた。

「あたしは、清司と生きていきたい。いつもつながっていたい。その気持ちはずっと変わらないから」

それから陶子さんはそっと両手を放し、清司さんに背を向けた。気づくと、車体が濃いグレーで、ラジオのアンテナの先端にピンク色の飾りがついた陶子さんのミニバンが、アパートの向かいにある空き地に停まっていた。

車が走り去るのを、清司さんはそこに立ったまま微動だにせず見送った。その清司さんを、私は階段の裏側から同じように立ち尽くして見つめている。見てはいけない涙、聞いてはいけない言葉だった。後ろめたい気持ちを抱えて立ち尽くしていると、不意に清司さんが振り向いた。うつむいたまま階段を上ろうとして足をかけたときに、その裏に立っている私に気づいた。

「紗希ちゃん……?」

ドキリとして足がすくんだように思えた。私は「ごめんなさい」と口走ると、とっさに走り出した。アパートを囲む塀の脇に停めてあった自転車に飛びつくと、慌ててサドルにまたがる。

背後で清司さんが「紗希ちゃん」ともう一度私を呼んだが、振り返ることなく私は走り出した。心臓は破裂しそうなほどドクドクと音を立てていた。

民宿に帰りつき、自分の部屋に入ると、電気も点けないまま畳の上に座り込んだ。「なんでよ。なんでなのよ……」と繰り返した陶子さんの声が頭の中によみがえる。あの二人は、私なんかが知らないずっと前から一緒に生きてきたのだ。どうすることもできないその月日が恨めしかった。

昼間の海岸で私の隣に座っていた清司さん、「子どもを亡くしてるんだよ」と教えてくれたシマ子さん、そして清司さんにしがみついて泣いていた陶子さん。その様子が、何度も何度も繰り返して上映されるフィルムのように、私の頭に浮かんでは消えた。

何がなんだかわからないほど心が乱れた。

私は暗い部屋の真ん中で、膝を抱えたまま座り続けた。

2

紗希……、紗希……。誰かが呼んでいる。どこか遠くから声が聞こえてきた。右肩のあたりに誰かの手の感触がある。……ああ、私の肩を揺さぶっているのだ。

「紗希、どうしたんだよ」

だんだんと声がはっきり聞こえてくるようになった。

「紗希、大丈夫か？　おい、紗希ってばよ」

目が覚めた。私に声をかけながら肩をつかんで揺すっていたのは海人だった。

「どうしたんだよ、こんな格好でさ」

言われて気づくと、私は洋服を着たまま布団も敷かずに、畳に突っ伏していた。首がねじれていたせいか痛い。起き上がると腰と肩も痛んだ。

「修介さんが、道代さんを病院に連れて行きたいんだけど、紗希の様子が変だって心配してるぞ」

昨夜のことがぼんやりと頭の中に浮かんでくる。膝を抱えて、ずっと窓の外をにらんでいて、いつの間にか眠ってしまったらしい。私は二、三度首をゆっくりと横に振った。

「何か飲み物でも持ってきてやろうか？」

私がうんとうなずくと、海人は部屋を出て行った。廊下で修介さんに「紗希、大丈夫みたいっす。オレ、まだしばらくいられるんで、病院行ってきても平気っすよー」と声をかけているのが聞こえてくる。

私は窓のところまでずるずると這っていき、がらりと窓を開けた。港の香りを含んだ爽やかな風がすうっと吹き込んでくる。それを思い切り吸い込んで、再びゆっくり吐き出すと少し気分がよくなった。

「ウッス、お待ち」

オレンジジュースをなみなみと注いだ大きなガラスのコップを持った海人が入ってきた。私の正面に座り込んでそのコップを差し出してくる。

「水でよかったのに」

どういうわけか、私の口からはそんな言葉が出てきた。

「そう言うなって。ビタミンCは身体にいいんだぞ」

「ビタミンCなんかいらないよ」

海人はあれ？　というような顔をしたが、すぐにガハハと笑い出した。

「いらいらしてる人はカルシウムが足りないんだ。牛乳にすりゃあよかったかな」

「うるさい」

私はそう言って、手にしたオレンジジュースのコップを畳に置いた。

「なんだよ、せっかく心配してやってるのに」

「そんなこと頼んでないよ」

話せば話すほど、なぜかイライラしてきた。海人が私に対するやさしさからここにいてくれるのもわかっていたけど、それが余計に私の神経を逆撫でする。

「なんで朝から私の部屋に入ってくるのよ」

海人は驚いた顔をして私を見た。私の身体の中で何か抑えがたいものがむくむくと頭をもたげてくる。

「何かあったのか？」

「心配してくれなくてけっこうよ。無神経にこんなところまでずかずかと入ってこないでよ」

脳みその冷静な一部分が、わけもなくひどいことを言っていると理解していた。唖然とする海人をにらみつけている自分を、もうひとりの自分も同じように唖然として眺めているような感じだった。

「べつにオレ、そんなつもりで……」

「うるさい！　ほっといて。あっちいってよ！」

私は窓の方に顔を背けた。背後で海人がゆっくりと立ち上がる気配を感じた。彼は部屋の戸を開けて廊下に出たようだ。静かに戸を閉めながらささやく声が聞こえた。

「向こうにいるからさ、何かあったら声かけろよ」

いつもドスンドスンと音を立てて廊下を闊歩する海人が、足音も立てずに去っていった。開いた窓から青い空が見える。空には白い雲が浮かび、雲は風に流されてゆっくりと形を変えながら移動していく。それを見つめていると、知らず知らずのうちに私の目から涙がこぼれ落ちた。窓のそばでは、海人が持ってきてくれたオレンジジュースのコップに陽の光が当たり、きらきら輝いていた。

民宿の中は静かだった。修介さんたちはまだ病院から帰ってこない。今夜は宿泊客があるはずだから、私も掃除やら何やら自分の仕事をしなくてはならなかった。

オレンジジュースに目をやり、そのコップを手に取った。ジュースが冷えているせいでコップの周りには水滴が付いている。私はゆっくりとそのジュースを飲んだ。冷たい液体が心地よくのどを潤し、イライラした気持ちを鎮めてくれる。急に海人に対して申し訳なく思えてきた。空になったコップを調理場の流しに置くと、私は客室の方へ向かった。

廊下を歩いていると、どこからか海人の鼻歌が聞こえてくる。その声を頼りに歩いていくと、風呂場でゴシゴシとブラシを動かしている音が聞こえてきた。

木枠にガラスの入った戸を開けると、脱衣所には猫のムサが丸くなって座り込み、風呂場では頭にタオルを巻いた海人が一生懸命掃除をしていた。

「お、紗希。ジュース飲んだか?」

海人は手を止めて私の方を見ると、ニッと笑う。「うん」と言ってから私もニッと笑った。海人はほっとした顔になった。

「お風呂場、掃除してくれてたんだ」

「まあな。いいから紗希はそのへんに座ってろよ」

海人は再びブラシを動かし始める。私は足を洗い場に投げ出し、脱衣所で丸まっているムサの隣に腰を下ろした。ブラシを動かしている海人の両腕は、たくましい筋肉が盛り上がっている。ふくらはぎにも筋肉がたっぷりついていて、足首はきゅっと締まって見えた。

「ねえ」

私が呼びかけたので、海人がこちらを向く。ふざけているときはひどく子どもっぽく見えるのに、真面目な顔をしていると妙に落ち着いて大人っぽく見えた。

「海人は寂しいって思ったことある？」

「え？」

ムサが立ち上がって伸びをすると、私の膝の上に乗ってきた。

「寂しくて、泣いちゃったこととかある？」

高校生相手にこんな質問をしている自分はおかしいかもしれないとも思った。海人は一瞬黙ったが、逆に私に尋ねた。

「紗希は寂しいのか？」

私は「わかんない」と言って、ムサの頭をなでた。

「あんまりないけど、アメフトやめるときは寂しかった。みんなと離れるのも、グラウンドから離れるのも、自分ではそうしたくなかったから寂しかったなあ。自分にとっては他にないほど大切なものだったから、やっぱ手放したくないじゃん」

海人は浴槽の縁に腰を下ろして自分の足下を見つめた。他にないほど大切なものだから手放したくない……、そうか、そうだろうな、と思う。清司さんは自分の子どもを手放したくなかっただろうし、陶子さんは清司さんを失いたくない。

じゃあ、お母さんは？　母は私を手放すときに寂しくなかったのだろうか。父を置いて家を出るときはどうだったのだろう。

「紗希、ごめんね。今までありがとう」

そうつぶやいた母の声はどうだったろう。今思い返すと、深い悲しみが含まれていたように思える。母もやはり寂しかったのだろうか。いや、家を出る前から母はもうすでに手放したくなかったものを失っていたのかもしれない。

「でもさ、いつまでも寂しがっててもどうにもならないしさ。自分で決めて転校しちゃったんだから、それでやるっきゃないってことよ」

「うん……」

でも、誰もが海人のように気持ちをすっきりと切り替えることができるわけではないと思うし、そんな風に片付けてしまえるものばかりでもないはずだ。

「ま、今のオレには紗希がいるからさ！　ああ、オレって頑張れちゃうぜ」

海人は立ち上がると、ホースがつないである水道の栓をひねった。青いホースがまるで痙攣を起こしたようにぶるぶると動き、先端から水が飛び散った。ムサが驚いて私の膝の上で飛び起きた。

「あたしは、清司と生きていきたい。いつもつながっていたい。その気持ちはずっと変わらないから」

そう言った陶子さんの姿を思い出すと、身体の奥がきゅんとする。海人が勢いよく水を流し始める。「らららら〜」と好きなポップスのメロディを歌い出す海人の明るい顔を見て、高校生の無邪気さに呆れると同時に、ほっとした気持ちにもなった。

その晩、いつものように修介さんと一緒に調理場で夕食のあと片付けをした。

「あ、そうそう、紗希ちゃん。これ、この前廊下に落ちてたんだけど見覚えある？」

修介さんがポケットから取り出したのは、どこかの神社のお守りだった。海人が以前スクールバッグに付けているのを見た覚えがある。

「あ、それ海人のだと思います」

「ああ、そうかあ。アイツ、夕方も来てたもんね。まったく、ウチにばっかり入り浸ってないで家の手伝いを優先させろって思うよ」

修介さんは眉を寄せて笑った。海人は風呂場を掃除したあと一度帰ったのに、夕方に再びやってきて「紗希ー、元気かあ？」と民宿の中をうろうろしていた。

「まったく、高校生ってのんきですよね。悩みがないっていうか、立ち直りが早いっていうか……」

私は客室配膳用の大きなお盆をきれいに拭いて、棚の一番下にしまった。

「あはは、それが海人のいいところだからね。でもまあ、アイツもアイツなりにずいぶんと悩んだ時期はあったと思うよ。親父さんの病気さえなければ、ずいぶんと違う人生を歩むことになったんだろうし。よく潔く帰ってきたとは思うけど、心の中は今でも複雑なんじゃないかなあ」

私は合点が行かずに修介さんの顔を見た。修介さんはゆすいだ布巾をきっちりと絞りながら言った。

「あれ？　紗希ちゃん聞いてない？　アメフトの話」

「あ……、アメフトやってたけど、やめたって。それでこっちの学校に転校してきたっていうのは聞きましたけど」

修介さんは「そうなんだけどさ」と軽くうなずいた。

「アイツ、その高校ではかなりずば抜けた選手だったらしくてさ、一年生のときから試合に出てて、チームの引っ張り役っていうか、とにかくすごかったらしいんだよ。今はあんなにのんびり構えてるけど、アメフトやってたときは、もうそのことしか頭になくて、学校でも有名になったくらいすごかったらしい」

海人からそんな話は聞いていなかった。「いつまでも寂しがってても仕方ないしさ」と笑っていたではないか。

「東京の大学とか、実業団とかからも注目されてたみたいでさ、なんとかっていうアメフトの雑誌にも〈期待の星〉とか書かれて、写真が載ったりしたらしいよ」

知らなかった、海人がそんなにすごい選手だったなんて。

「だから、あのまま続けてたら、アメフトの強い大学に推薦入学するとか、どこかの実業団でプレーして花形選手になるとか、そんなことも考えられたしなあ。顧問の先生も、海人が転校するって言ったらすごく残念がって、実家まで訪ねてきたらしいよ。どうにかならないのかって……」

「ま、今のオレには紗希がいるからさ！」と海人は笑ったが、私なんかではとても彼が失ったものの穴埋めにはならないと思った。

「よくあきらめられたと思うよ」

修介さんは冷蔵庫を開けて瓶ビールを一本取り出した。「紗希ちゃん、飲めるんでしょ？」とグラスを二つ戸棚の中から出すと、トポトポといい音をたてながらビールを注いだ。

「はい、お疲れさん」と手渡されたビールはとても冷えていた。私は今朝、海人が持ってきてくれたオレンジジュースのコップを思い出した。

「家でもよく働くみたいでさ、お袋さんがうちに来るといつも海人の話をしてくれるんだよ。弟や妹の面倒みたり、店の掃除したり、配達手伝ったり、よくやってるよ、ほんと」

私は自分の高校時代のことを振り返る。家の手伝いなんてほとんどしたことがなかった。学校に行って、部活動をして、塾に行って、夜はやっとひとりになれた時間を満喫しながら、部屋でパソコンをいじったり音楽を聴いたりしていた。朝ごはんも夕飯も、私の生活に合わせて出てくるのが当たり前。風呂に入りたいときにはお湯が満たされていたし、洗濯物はいつもきれいにたたまれてベッドの上に置いてあった。フローリングの廊下にはほこりもなく、いつもピカピカだったし、父の給料日には毎月決まった額の小遣いをもらった。それが高校生の当たり前の生活だと思っていた。

アメフトをやるためによその家にひとりで下宿し、有名選手になるくらい練習して、挙げ句の果てに父親の病気のために自分の夢をあきらめ、家に帰ってきて毎日手伝いをしている海人は、自分とは天と地ほどの差があると思った。

海人のことを無邪気だとか脳天気だとか思っていた自分が、ひどく薄っぺらく、大人気ないように思えた。

「でも、アイツもけっこう寂しいのかもしれないな、そんな態度は見せないけどさ。強がってるけど、本当は繊細な神経を持ってるかもしれないよ。だって、そうじゃなきゃあれだけ周りにいろいろと気を配れないだろ。アイツのいいところは、そうは見せないで、実は他の人のことをすごく考えてあげてるところだよ」

私の心の中に何かズーンと響くものがあった。おどけて見せる海人の胸の内には、実は見かけからは想像もできないほどの細やかさと思いやりがあったというのだろうか。そんなことはちっとも考えてみなかった。今朝、海人にあんなふうに突っかかった自分は、結局彼のやさしさに甘えていたのだろうか。

「さ、お開きにしようか。紗希ちゃん、今日は疲れただろうけど、また明日もよろしく頼むよ」

修介さんが立ち上がったので、慌てて残ったビールを飲み干した。

「お先に。おやすみ」と修介さんが出て行ったあとの調理場で、窓から差し込む月明かりが静かにシンクを照らしていた。

3

秋の彼岸に、私はシマ子さんと一緒に彼女のご主人のお墓参りに行くことにした。なんでもお墓は山の斜面をかなり上ったところにあって、花や水桶を持っていくのが大変らしい。いつもは道代さんが一緒についていくのだが、今年はそれができない。道代さんはまだ松葉杖が離せなかった。

午前中のうちに仕事を済ませた私は、自転車に乗ってシマ子さんの家へ向かった。ひとつ手前の細い路地を入り、遠回りをして清司さんの住むアパートの前の通りに出る。シマ子さんの家を訪ねるたびに、私はわざわざそこを通った。

陶子さんが泣いているのを見てしまったあの日以来、清司さんには会っていなかった。彼と目が合うと逃げ出してしまった私をどう思っているだろうと考えると、合わせる顔がない。「紗希ちゃん」と声をかけられたのに、それを無視して走り去ってしまったのだから……。

私は自転車のスピードを落としてアパートの前をゆっくりと通った。二階の清司さんの部屋の窓を見上げながら、速度が遅すぎてゆらゆらと左右に揺らぐハンドルを一生懸命押さえながら進んだ。バランスを崩し、倒れそうになって前を向いたとき、人の気配を感じて驚いた。前を見ると清司さんがにっこりと笑っていた。気まずい思いで、私は言葉もなく立ちすくんだ。

「脇見運転、危ないよ」

いつもと少しも変わらない、やわらかい声だった。私の心の奥底でぎゅっと固まっていた何かが、その言葉の温かさで溶けて流れ出すようだった。

「こんにちは」

自転車を降りて頭を下げる。

「どこ行くの？　シマ子さんのところ？」

清司さんは右手に持った重そうな紙袋を左手に持ち替えた。

「はい。お墓参りに一緒に行こうと思って。今年は道代さんが行けないので、代わりに私が付き添いです」

清司さんは「ああ、お彼岸だね」とうなずいた。

そのとき、ある考えが頭に浮かんだ。どうしよう、言ってみようか。でも、断られるかな……、どうしよう……。

急に黙り込んだ私を見て、清司さんは「どうしたの？」と尋ねる。

「あの……。お墓参りのあと、その……、もしだめだったらいいんですけど、あの……」

心臓の鼓動が速くなる。自転車のハンドルを握りなおした。

「えっと……、ちょっとだけ……、おじゃましてもいいですか？」

やっと言えた。

「あ、ぼくのところに？　ああ……うん、いいよ」

いつのまにかうつむいていた私は、返事を聞いて顔を上げた。清司さんはにこにこして、自分の持っている紙袋を指さした。

「これね、公民館で一緒に働いてる人に今もらってきたんだ。夏みかんのゼリーだって。なんか季節はずれになっちゃったけど、食べてくれって。冷蔵庫で冷やしておくから、一緒に食べよう」

急に気が楽になった。ゼリーを食べるために清司さんの家に寄る、というきちんとした理由ができたからだ。

「はい。じゃあ、あとで寄らせていただきます」

私はペコリと頭を下げて、自転車にまたがった。もう脇見はせず、まっすぐにシマ子さんの家を目指した。


シマ子さんのご主人のお墓は、思ったより急な斜面と八十何段かある階段を上った高台にあった。息を切らした私が最上段についたとき、シマ子さんはまだ半分くらいのところを上っていた。背中を丸めて、足をゆっくり交互に上げ続けている。

「シマ子さーん、いい眺めだよー」

私が声をかけると、シマ子さんは私を見上げてにっこりと笑い、わかったよ、というように片手を上げた。

　ご主人の墓石の脇には大きなミカンの木があって、そこからは遠くに青い海が見渡せる。ほんの少し秋めいてきた風が、私の着ているTシャツの裾を気持ちよく揺らした。

　お墓の周りをきれいに掃除し、花と線香を供える。線香の香りをかぐと、どこか懐かしいような落ち着いた気持ちになった。

　シマ子さんは、ご主人のお墓の前にある小さな段差に腰掛けて海に目を向けた。私は少し先の方まで歩いていってみた。どのお墓にも、供えたばかりのきれいな花があって、墓地全体がにぎやかな雰囲気に包まれている。

　そのとき、ふと、小さな子どものような顔をしたお地蔵様があるのに気づいた。赤い前垂れの鮮やかさがまぶしい。お地蔵様の前には、花やお菓子が供えてあった。私はしゃがみこんで、視線をお地蔵様と同じ高さに合わせてからその顔をのぞき込んだ。細い目と、小さな鼻と、ふくよかな頬、そしてわずかに笑みをたたえたやさしい口元を見つめていると、心の中がぽかぽかと温かくなってくるような気がする。私も自然に口元がほころんだ。

　いつの間にかシマ子さんがそばに来ていた。

「かわいい顔してるだろう、この地蔵様は」と言って、私の隣で立ったまま両手を合わせて拝んだ。

「清司さんがねえ、よくこの地蔵様を拝みに来るんだよ」

心臓がドクンと音をたてる。私はシマ子さんの横顔を見つめた。

「亡くなったお嬢さんのお墓は東京にあって、なかなかお参りに行けないからってさ。代わりにこの地蔵様をかわいがってるんだよ。もしかして、あの人のお嬢さんに似てるのかもしれないねえ」

お地蔵様の切れ長の目は、そう言われれば清司さんに少し似ている気がする。そうすると、彼の子どもにも似ているのかもしれない。

シマ子さんがお地蔵様の横にある石の上に座ったので、私もそのそばに腰を下ろした。遠くに広がる海は空との境目がはっきりしないほど青く、ところどころで太陽の光が反射してキラキラと輝いている。いつか清司さんが「やっぱり空は青しかないと思うんだ」と言ったことを思い出し、海は青い空を映しているからやっぱり青いんだろうな、と心の中でつぶやく。

「自分の子どもを亡くすなんて、不幸だねえ。でも、道代みたいに子どもを持てないのもかわいそうなもんだよ」

道代さんは病気で片方の卵巣を切除したために妊娠が難しいらしいと、海の家でシマ子さんに聞いたことがあった。

「普段からあんまりくよくよしたことは言わないんだけどね、道代がどんなに子どもを欲しがってたかは、よくわかってるんだよ。亡くすのも不幸だし、持てないのも不幸だね」

私は海を見つめたままシマ子さんの話に耳を傾ける。

「でも陶子ちゃんみたいに、子どもを二人も抱えてるのに、ダンナは他の女と遊びまわって、借金つくって、挙げ句の果てにいなくなっちゃうのもあんまりだよ」

「そうなんですか？」

「名古屋の方に住んでたんだけどね、そんなこんなで伊豆の実家に戻ってきたんだよ。今は、お母さんに代わって自分の家の商売を切り盛りして、まあ大変だけどやりがいもあるのかもしれないけどね」

シマ子さんはゆっくりと話すと、最後に大きくひとつため息をついた。

「陶子さんって、清司さんに何か金銭的な援助をしてるんですか？」

以前立ち聞きした話が気になって仕方がなかった。

「金銭的援助？　さあ、そんな話は聞いてないけど……。強いて言えば、美雪ちゃんの月謝かねえ」

「美雪ちゃん？」

「陶子ちゃんの娘さんでね、苦手な算数を清司さんに教えてもらってるんだよ。なんでも、きちんと教えてほしいし、美雪ちゃんにもしっかり勉強してもらうためにも、お金はきっちり払うんだとか言ってたっけ」

なんだ、そういうことだったのか……。

「まあ、陶子ちゃんとしては対面もあるのかねえ。一時期、二人のことが噂になったことがあってね。まったく、陰であれこれつまらないことを言うなんて、ろくでもないことだよ」

シマ子さんはフンと鼻をならした。

でも、それならどうして清司さんはあんな風に陶子さんをはねつけるようなことを言ったのだろう。子どもの勉強を見た月謝をもらうだけの話ではないのだろうか。

「紗希ちゃんはどうだい？　お母さんのこと、つらいかい？」

シマ子さんは陽だまりのように微笑んで私に尋ねた。

今まで正面切ってそんなことを聞いてきた人はいなかったので私は驚いた。でも、シマ子さんにそう尋ねられても、ちっともいやな気持ちはしない。

「東京の家で父と二人で暮らしているときはつらかったかな。でも、今はつらいっていうより悲しいです。家族なのに、今はみんなバラバラ。つらいときとか、何かうまくいかないときとか、そういうときにこそ一緒にいるのが家族だと思ってたのに、今はみんながひとりになって、別々に切り抜けようとしてる」

酒に溺れる父を見ていたころの暗い気持ちや、家で息を潜めたまま窒息してしまいそうだったときのような気持ちになることはなくなった。ただ、やはりここでは自分は〝ひとり〟だと感じる。周りにはたくさんの人がいても、自分の本当の心をさらけ出せる人、つらさや孤独感を共有してくれる人はいなかった。

「紗希ちゃん、ひとりでいるのがつらいんだ」

「え？」

「ご両親と離れてひとりでいるから寂しいんだろう」

そう言われると、なんだか自分が親に甘えたがっていると言われているように感じて、思わず黙り込んだ。

「でもね、誰しも結局はひとりなんだよ。誰かと一緒にいたって、自分は自分、ひとりだけさ。大人になるってのはそういうことなんじゃないかねえ」

シマ子さんはまぶしい陽射しに心持ち目を細めて、遠くの青い海を見つめている。

「シマ子さんは寂しくないんですか？　あの家にひとりで暮らしてて、孤独だなとかって思うことありませんか？」

いつかの夕方、シマ子さんの家で感じたひとりきりの時間の静かさが胸の中に蘇った。

「ひとりでいるから孤独ってわけじゃない。そりゃあもの寂しいと思うこともあるけどさ。一緒にいなくたって、誰かが自分のことを大切に思ってくれてるってわかってれば、そんなもの寂しさだってなんとかなるもんさ」

私は横に座るシマ子さんの顔を無言のまま見つめた。

「それと反対にさ、大勢の人に囲まれてたって孤独を感じることもあるんだろうね」

シマ子さんは私の方を向いて静かに微笑む。

「そう言ったのは、清司さんだよ」

そして、「よいしょっと」と掛け声をかけて立ち上がり、ゆっくりと腰を伸ばす。その背中は決して大きくはなかったが、私なんかにはとてもかなわない、神々しさのようなものをたたえているように感じられた。

「紗希ちゃんのお母さんも、寂しかったのかもしれないねえ。でも、どんな理由にしても、あんたを置いて出て行くのはつらかったろうと思うよ。それでもそうしようと思うほど、どうにもならない気持ちだったんだろうかねえ」

私はそこに座ったまま、シマ子さんの背中を見ていた。シマ子さんは腰のあたりをトントントンと軽く三回叩くと、「そろそろ下りるかね」と言って歩き出した。私は少し遅れてそのあとを追った。


シマ子さんと別れたあと、私は約束してあったとおり清司さんのアパートへ向かった。先日、陶子さんと話しているところを目撃した階段をそろりそろりと足音をしのばせて上った。外階段を上りきったところを左に折れ、二つ目の部屋のドアの前に立つ。ドアには〈石田〉と小さく黒マジックで書かれていた。

呼び鈴に伸ばした手が心持ち震えている。大きく深呼吸をしてから思い切って押すと、部屋の中でピンポンと短く鳴る音が聞こえた。

カチャリと音をたててドアがわずかに開き、隙間から清司さんの顔が見えた。

「いらっしゃい」

白いTシャツからのぞく、男の人にしてはいくぶんほっそりした腕がドアを大きく開いた。私の心臓が急にドクドクと音を立て始め、身体中の血液の流れがとたんに速度をあげたように感じる。

「どうぞ、あがって」

「すみません、おじゃまします」

狭い玄関に入ると、清司さんは私の前をふさぐように立った。その近さにドキリとする。私は清司さんの瞳をまっすぐ見つめた。耳の奥で脈を打つ音がドクンドクンと響いた。

「お客さんがいるんだけどかまわない？」

一瞬、頭の中が真っ白になった。……お客さん？　慌てて乗り込んだバスの行き先が、自分の思っていたものと違ったときのような気分になる。私のために道をあけてくれた清司さんの後ろには、素足で横になっている誰かのひざから下が見えた。

部屋の中では、小学生の男の子が、二枚並べた座布団の上で気持ちよさそうに寝息をたてていた。ぎこちなく私が目を向けると、男の子は「くくん」と子犬のような声を出して寝返りを打った。

「佐伯翔くん。今、四年生だよ」

「翔くん？」

どこかで聞いたことがあるような……と考えていたら「陶子の子どもだよ」と清司さんが付け加えた。「陶子」という名前に、私の全神経が反応した。夏に花火を見に行った夜、翔くんが私の横でつまずいて、ひざの砂を払ってあげたことがあった。

「六年生のお姉ちゃんが喘息でね、月に一度、長岡にある病院に通ってるんだよ。翔くんまで連れて行けないから、夕方帰ってくるまでウチで預かってるんだ」

清司さんはそう説明しながら、冷蔵庫の扉を開けた。

「さっきのゼリー、よく冷えてるよ。食べる？」

ガラスの器に入っている濃い黄色をしたゼリーと、スプーンを二つ持ってくるとテーブルに置く。清司さんが座ったので、私もおずおずとテーブルの脇に正座した。

清司さんに気づかれないように、こっそりと部屋の中を見渡した。わりと広い窓のある和室で明るい感じだ。部屋の中央に小さなテーブルがあり、窓の脇に木製の食器棚がある。その反対側には四段のこじんまりとした洋服ダンスがあるくらいで、部屋の中はこざっぱりしていた。部屋に続く狭い台所には、フライパンが一つ下がっていた。

清司さんがアルミ製の蓋を開けると、夏みかんのさわやかな匂いが鼻をくすぐる。スプーンですくいあげると、ゼリーが楽しそうに笑っているかのようにぷるぷると揺れた。

「わあ、おいしそう。私もいただきまーす」

果肉入りのゼリーは、夏みかんの甘さと酸味とほろ苦さが絶妙に混じって、最高においしかった。

「シマ子さんのところのお墓、上るのが大変だったでしょ」

空になったガラスの器にチャリリンとスプーンを入れながら清司さんが言った。

「はい。でも、海が見えてすっごくきれいでした」

「うん。天気のいい日にあそこから見る景色は最高だね」

「お墓参りしたあと、あそこに座ってシマ子さんといろいろおしゃべりしてきました」

「そう」

清司さんは隣で寝ている翔くんに目をやった。

「あの近くにあった小さなお地蔵様にもお参りしてきました」

私に目を向けた清司さんの瞳の奥で、チラリと何かが揺れたような気がする。

「かわいいお地蔵さんだよね。赤い前垂れがなんともいえない……」

「清司さんも、よくあのお地蔵さんを拝みにいくんでしょ？」

清司さんは静かに私を見た。彼の視線を受けて、私は金縛りにあったかのように動けなくなる。やがて清司さんは、空になったゼリーの器を二つとも持って立ち上がると、台所の流しに置いた。私の言葉が、彼の気分を害してしまったのだろうか。

清司さんは流しの前に立ったままこちらを向くと、そこに寄りかかって窓の外に目を向けた。

「麻美に似てるんだ、あの口元が」

亡くしたお嬢さんの話をしているのだとわかった。

「目はあんなに細くなかった。もっとぱっちりしていて、笑っても黒い瞳がきらきら光ってたよ」

「麻美ちゃんっていうんですか」

清司さんは私の顔を見て小さくうなずくと、窓辺に行きガラス戸を静かに開けた。白いレースのカーテンが、風に吹かれてゆるやかに膨らんだ。

「あと一週間で七歳の誕生日だったんだ。もうプレゼントも買ってあった。家の押し入れの奥に内緒で隠してあったんだよ」

窓枠に腰掛けている清司さんの髪を、風が遠慮がちに揺らす。

「ぼくがすぐ隣にいたのに、その一瞬前まで手をつないでいたのに、麻美を……、麻美の命を守ることができなかった。信号は青になってたんだからって、自分を責めるなってみんなは言ったけど、でもぼくが手を離してしまわなければ、あんなことにはならなかった」

清司さんの喉の奥がふるえ、わずかにビブラートがかかったような声になる。

「八年経っても同じことを考えてる。同じことを言ってる。ちっとも前へ進めない。いつも気がつくと同じ場所に戻ってきている魔法の森にいるみたいだよ」

そう言ってふっと笑った顔は、どんな泣き顔よりも悲しい気がした。

いつか海岸で話したときに、人はいつでも正しい方向に向かって生きているとは限らないと言った彼の言葉を思い出した。立ち止まって動かないことも、生きている一つの形だと……。あれは自分自身のことを言っていたのだろう。子どもを亡くしたときから、この人は前へ歩けなくなってしまったのかもしれない。

「毎日、ぎゅうぎゅう詰めの電車に乗って通勤して、ひとりでも多くの顧客を獲得しようとして夕方遅くまで会議をして、統計の数字が何パーセント上がったとか下がったとか……。そういうことが突然意味をなさなくなって、そんなことの繰り返しが自分の人生だったなんて、やりきれなくて」

そこで言葉が途切れた。清司さんの表情は穏やかだった。

「それでここへ？」

うん、とうなずいた清司さんは私の顔を見たが、私を通り越して何か違うものを見ているように感じる。

「麻美は海が好きだったから。テレビでも絵本でも、海が出てくる話が好きだった」

「ひとりってつらくないですか。悲しいとき、誰か一緒にいてくれたらよかったのにと思いませんか？」

清司さんは片ひざを立て、その上に自分のあごをのせた。

「自分の気持ちをどうにかするだけで精一杯だったんだよ。同じ悲しみを持っている者同士でいると、つらさも二倍になるんだ。相手のことを思いやる余裕もなかった。ひとりになって、自分自身の悲しみとだけ向き合って、そうやって生きる方が楽だった」

「でも、そんなの寂しいじゃないですか。ひとりで、悲しみとだけ向き合っていくなんて、そんなのつらすぎます」

涙が浮かんできた。

「でも、これがぼくの人生だから。逃げてるとか、もっと精一杯生きるべきだとか言われたこともあるけど、ぼくはぼくなりに、きちんと生きているつもりなんだ」

清司さんは窓枠から下りて、再びテーブルをはさんで私の向かい側に座った。

「せっかく紗希ちゃんが来てくれたのに、もっといい話をしてあげられたらよかったよね」

私は清司さんの顔を見つめた。涙の滴が頬を伝っている私の顔を見て、清司さんは微笑む。

「紗希ちゃん、やさしいんだね」

「私が……、私に何かできることはありませんか？　私、清司さんの……」

「ありがとう。紗希ちゃんにしてほしいのは、紗希ちゃん自身が生きていく道をちゃんと見つけることだよ」

私は黙っていた。

「麻美のことは、自分ひとりで抱えていく。誰とも共有できないし、しようとも思わない。今はつらくても、じっと向かい合っていたいんだ」

突き放された気がした。私じゃ何の役にも立たない、そう言われたような気がした。せめて「そう言ってくれて心強いよ」とか「うれしいよ」とか言ってほしかった。どうしようもなく悲しくなって、下を向いたとたん、涙がもう一粒こぼれ落ちた。

そのとき、あの日の陶子さんの言葉を思い出した。「あたしは、清司と生きていきたい。いつもつながっていたい」という声が頭の中に響く。私の中に、何か抑えがたい思いがぶくぶくと音を立てるように湧き上がってきた。

「陶子さんなら……」

清司さんの表情が一瞬変わった。

「陶子さんとなら、寂しい気持ちも分かち合えるの？　あの人となら一緒にいてもいいの？」

そんなことを言っている自分が信じられなかった。私はなんでこんな言葉を投げつけているのだろう。嫉妬だろうか、それともそばに寄せ付けてもくれないような清司さんへのあてつけなのだろうか。

「陶子さん、泣いてた。あの人、清司さんのことが好きなんでしょう？　清司さんもあの人のことが好きなの？　だから子どもも預かってるの？　私じゃなんの力にもなれないのに、なんの役にも立たないのに……」

陶子さんに対する激しい感情をもてあまし、何を言っているのか自分でもわからなくなった。

清司さんはただ黙って私の顔を見つめていた。否定の言葉も、私を思いやる言葉もなかった。私たちは言葉もなく互いに向かい合っていた。

そのとき、座布団の上で寝ていた翔くんが何かつぶやいて目を開けた。まだ頭がはっきりしないようで、ぼんやりと天井を見つめたままあくびをする。

「私、帰ります。ゼリーごちそうさまでした」

軽く頭を下げて立ち上がり、くるりと振り向いて玄関に向かった。スニーカーに足を入れている間に清司さんが私の後ろに立った。振り返ると清司さんは少し悲しそうな顔をして私を見ていた。

「何も答えてくれないんですね。陶子さんのこと」

視線を落とした私に清司さんは静かに言った。

「紗希ちゃんには、言う必要のないことだから。陶子とは……」

最後まで聞かずに、私は清司さんのシャツをつかんでそこに顔をうずめた。涙が両目からあふれてくる。陶子さんのことがどうしてこんなに私を苛立たせるのか、なぜ彼女のことをこんなにも妬ましく感じてしまうのか。その答えにやっと思い当たった。手を伸ばしてようやく触れることができた。隣にいても遠く感じる清司さんを、自分の手や額で確かに感じ取れた。清司さんの身体の温かさが、シャツを通して私の身体に伝わってきた。

でも、それは一方通行の温もりだった。清司さんはわずかに身体を引いて、私の両肩をそっとつかんだ。

彼の口元には微笑が浮かんでいたが、同時に困惑の表情も見て取れた。それは、ダダをこねるように胸にすがりついた私をやんわりとはねつける、大人の男のやさしさだった。

「おじちゃん、のどかわいた」

部屋の中から翔くんの声が聞こえたとたん、急に自分のしていることが恥ずかしくなった。私は清司さんから離れると「すみません」と小さな声で言ってから玄関のドアを開けた。

そのとたん、西日のまぶしさに思わず手をかざした。アパートの裏にある雑木林からはヒグラシの鳴き声が聞こえてくる。いつ清司さんが呼び止めてくれるかと、私は背後に全神経を集中させた。

しかし、清司さんは黙っていた。私は半開きのドアを押さえていた右手をスッと離した。まるで、かまってほしいのにふりむいてくれない母親に当て付ける子どものように……。

激しく揺れる気持ちを必死に抑え込む私の後ろで、パタンと小さな音をたててドアが閉まった。

なおもその場に立っていたが、中からドアが開かれることはなかった。

しばらくして、私はとぼとぼと階段を下り始めた。西の空はオレンジ色に染まり、もの悲しいヒグラシの鳴き声が輪唱のように途切れることなく聞こえている。

自分はいったい何を期待していたのだろう。部屋を訪ねてもいいと言われただけで、特別な存在にでもなったつもりでいたなんて……。

視線を落とすと足元がゆらゆらと滲んだ。

階段を下りてから、もう一度清司さんの部屋を見上げた。開いたままの窓から、風に揺れる白いレースのカーテンが見え隠れしていた。

第三章

心の距離

1

十月に入り、ようやく道代さんのギプスが取れた。病院から帰ってきた道代さんは、まだ片方だけ松葉杖はついていたが、久しぶりに両足を地面について嬉しそうだった。

「今まで重かった左足が妙に軽くなっちゃって、なんだかアンバランスっていうか、変な感じよ」と笑って玄関を入ってきた。

廊下を歩くにも、いちいち身体がかしいでヒョコタン、ヒョコタンという感じだ。心配そうな修介さんが、おろおろと後ろをついていくのを見て、おかしいながらもなんだか幸せな気分になる。

修介さん夫婦は仲がいい。四十六歳にもなるのに、時に学生のカップルみたいに口げんかをしたり、ふざけあったりしている。子どもがいないことをシマ子さんはとても不憫がっていたが、二人で仲良く暮らせるというのは何物にも代えがたい幸せなのではないかと思う。子どもを持つことが、幸せな人生を送るための必須条件ではない気がした。

昼ごはんを食べたあと、道代さんと二人でお茶を飲みながら話をした。

「道代さん夫婦って、仲いいですよね」

「えっ、何？　急に」

道代さんが驚いて私を見た顔がおかしくて、思わず笑ってしまう。

「だって、ケンカしたり心配し合ったりするときとか、なんだか若者のカップルみたいに大騒ぎしてますよ」

道代さんはお茶をごくんと飲んでから「やっだあ」と言って笑った。

「まあ、ウチは子どももいないし、なんとかお互いにうまくやっていくしかないからねえ」

道代さんのしゃべりかたはシマ子さんに似ている。

「ポンポン言い合ってるようでも、我慢したり、譲ったりしてることもあるのよ」

「そうなんですか？」

「夫婦って言ったって、お互いひとりの大人同士だからね。何言っても許されるわけじゃないと思うのよ。距離感っていうか、そういうのを保つのも技術がいるの。離れすぎてもよくないし、逆に近すぎてしょっちゅうぶつかってると嫌になるでしょ」

なるほど、そういうものか……と感心した。

「まして、ウチみたいに年がら年中一緒にいる商売なんかしてるとね、余計にそういうことには気を遣うものよ。お互いプライバシーを保つことが難しいじゃない。隠れて何かすることもできないし」

「夫婦でも、プライバシーとかって考えるんですか？」

愛している相手とならば、何もかも分かち合って、隠し事もなしにいられるのではないのだろうか。

「そりゃあ絶対必要よ。自分は自分、相手は相手だと認識して、お互い別々の人間なんだって思ってこそ、相手への思いやりとか気遣いとかが生まれてくるんじゃないかな」

「はあ……」

「人間誰しも、他人に踏み込んでほしくない部分とか、自分だけで持っていたいものってあると思うの」

私は清司さんを想った。麻美ちゃんのつらい思い出は、私には踏み込んでほしくない領域、誰とも分かち合うつもりのないことなのだ。そこに入り込もうとした私の方が、間違っていたのだろうか。つらさを分け合って、少しでも相手の悲しみを薄めることができたらいいのにと思ったのは、やはり自分の浅はかさだったのだろうか。

「だから、誰かと一緒に生きていくって、それほど単純なことではないのよ。けっこうエネルギーがいるし、自分の気持ちを伝えるのも、相手の気持ちを理解するのも大変なことだと思うわ」

父と母はそれに失敗したわけだ。

「一度失敗しちゃったら、もうやり直しはきかないんでしょうか」

「え？」

私は湯呑みを持つ道代さんの手を見つめながら問いかけた。

「私、夫婦とか家族とかって、なんでも分かち合えるものだと思ってました。つらいこととか、他人に言えないこととかも打ち明けられる、そのために一緒にいるんだと考えてたんです」

道代さんは黙って耳を傾けてくれた。

「でも、母は私たちに背を向けて去ってしまったし、私と父も今はバラバラ。一番つらいときなのに、なんでみんなひとりずつなんだろうって」

しんとしている部屋で、柱時計が唐突にボーンと一回だけ鳴った。

「大切な人との距離って、一生ずっと同じがいいってわけじゃないからじゃない？」

私が道代さんの顔を見ると、彼女は照れくさそうな笑顔を作った。

「恋人だって、家族だって、すぐ隣にぴったりと寄り添っていたいときもあれば、少し遠いくらいの距離が必要なときだってあるのよ、きっと」

「距離が必要なとき……？」

「うん。ほら、少しそっとしておいてって思うこと、あるじゃない？　そういう一時的なものだけじゃなくても、誰かによりかかるんじゃなくて、自分ひとりでじっくりと向かい合った方がいいときってあるのかもしれない。紗希ちゃんのお父さんだって、夏にみえたときにはずいぶんと元気そうになってたじゃない。ウチの人から聞いてた印象とはだいぶ違ってた。お父さんは、お父さんなりに、ひとりで少しずつ消化していくことも悪くないんじゃないかな」

私の顔を見て「ずいぶん日に焼けたなあ」と笑った父の顔を思い出す。

「紗希ちゃんのお母さんだって、きっといろんなことを心の中に抱えていたんじゃないかな。今どうしてるかはわからないけど、決して幸せ万々歳ってことはないと思う。紗希ちゃんのことを毎日思い出してるはずよ」

「そうでしょうか……」

「決まってるじゃない！　紗希ちゃん、ホントにそれを疑うの？」

そんなこと言われても、母は出て行ったのだ。私と父を置いて……。

「私は子どもがいないけど、それでも子どもがどんなに大切かはわかると思ってるの。だって、ウチの母みたいな歳になっても私のことをあれこれと心配してくれてるんだし」

道代さんは「まったくねえ」と困った顔をしてみせる。

「でも、シマ子さんはここにいるけど、母はどこかへ行ってしまったんです、私たちを置いて……。それって自分勝手です」

「まあね、そう言われても仕方ないかもしれないけどね」

あっさりと肯定されると、どういうわけか逆に落ち着かない気分になった。

「何が正しいとか間違ってるとかはわからないけど、ただ、お母さんにはお母さんの生き方があるのよ、きっと。お父さんを選んで結婚したのと同じように、今度は別れることを選択して、違う誰かと生きていくことにした。黙って出て行ったわけでもないし、お父さんとお母さんはそれなりにきちんと話をしたわけでしょ、裁判というかたちで」

私はゆっくりとうなずいた。

「紗希ちゃんがいろいろ思うことはよくわかるし、当然だと思う。でも、もう少し落ち着いたら、今度はお母さんをひとりの女性として見てあげて。そうしたら、その生き方を応援してあげられるようになるかもしれない」

母をひとりの女性として？　その生き方を応援する？

「お母さんの生き方をすべて肯定しろっていうわけじゃないの。嫌いな面も許せないこともぜんぶ含めて、あなたのお母さんの朱美さんっていう人物を認めてあげてほしいの」

お互いがそれぞれひとりの人間としてということか？　親と子という、不等号で結ばれた式のようでなく、人間対人間という、等号で結ばれた関係になっていくということなのだろうか。

「はあ……」

私にはそんな返事しかできなかった。でも、言葉にはならなくても、頭の中にはたくさんの思いがあふれていて、それが私の心の中で何かに変化していくような予感があった。

「あら、やだ。もうこんな時間」

柱時計を見上げた道代さんが、慌てた声を出した。

「今の話は私の考えっていうだけだから。もし気に障ったらごめんね」

「いえ……、そんなことは……」

何か言いたいのにうまい言葉が見つからない。

「ただ、なんていうか……、すごいなっていうか」

「えっ？」

「えーと、ほんとに道代さん、すごいなって思いました」

「何よ、それ？　全然すごくなんかないわよ」

そう言って二人して笑ったときに、電話のベルが鳴った。私が飛びついて受話器を取った。電話から聞こえてきたのは、知らない男の人の声だった。

「もしもし、村瀬史郎さんのお嬢さんの紗希さんは、そちらにいらっしゃいますか？」

「あ……、はい、私ですけど」

一体なんだろう？

「私、東京中央商事の高橋と申します。実は、お父さんが会社で倒れられまして、急いで連絡を……」

心臓が急にドクンドクンと速くなった。受話器から聞こえてくるはずの声がなぜか遠くなる。道代さんが心配そうに私の顔を覗き込んでいた。

取るものもとりあえず、二泊分の着替えをカバンに詰め込み、病院名と電話番号を走り書きした紙をポケットに押し込んでバスに飛び乗った。東京へ向かう電車に乗ったのは夕方だった。

車窓からは、夕暮れ色に染まりゆく海や空が見えた。昼間の青さとはまったく違うその色はどこか物悲しい。しかし私は感傷に浸る余裕もないまま、早く、早くと心の中で念じた。

東京駅から中央線に乗り換え、新宿駅で降りる。駅からは場所がよくわからないのでタクシーに乗った。都心の道路は渋滞していて、こんなに遅いなら歩いた方がましだと何度も思うほど車はのろのろと進んだ。

電話で聞いた病院に着いたときには、もう完全に陽が落ちてすっかり暗くなっていた。エレベーターで病室のある階まで上がった。

ぴっちり閉められたクリームイエローのカーテンの中をそっと覗くと、父は眠っていた。左腕には点滴のチューブがつながれ、透明な液体が入った袋からぽたりぽたりと一滴ずつ、規則正しく父の身体の中へと注入されている。私は呆然と立ったまま父の寝顔に見入った。

夏に会ったときよりも少し痩せたかもしれない。どことなく乱れた感じの髪が、いかにも父を病人らしく見せているように思える。どこが悪いのだろう、どうして倒れるまで無理をしたのだろう、前から具合が悪かったのだろうか、いろいろなことを考えた。

母はもちろんこのことは知るまい。もし父がこのまま長期入院になどなったら、私ひとりでいったいどうすればいいのか。心細さに胸が締めつけられるようだった。

そのとき、カーテンが揺れて水色のユニホームを着た看護師が顔を出した。

「あら、お嬢さん？　どう、お父さん眠ってらっしゃる？」

「あ……、はい」

「そう。落ち着いてるなら心配ないわね」

元気のよさそうな看護師の顔を見て少し安心する。

「あの……、父はどんな病気なんですか？」

私は恐る恐る小声で尋ねた。

「え、病気？　明日、いろいろと検査することになると思うんだけど、あんまり心配しなくても大丈夫そうよ」

「そうなんですか？」

思わず声が明るくなる。

「詳しいことは先生から説明があると思うけど、どうも栄養不足に過労がたたって、おまけに貧血と低血圧。倒れない方がおかしいわ」

私は絶句した。

「ただ、ちょっと不整脈があるみたいだったし、あとは血液検査の結果をみてからね」

そのとき、「うー」と小さくうなって父が目を覚ました。

「あ、村瀬さん。ご気分どうですか？　気持ち悪いところとかないですか？」

父は小さく返事をして、足の方に立っている私に気づいた。

「紗希じゃないか」

「お嬢さん見えたんですね。よかったわ。じゃ、またあとで様子見に寄りますね」

看護師はてきぱきと言葉を発すると、カーテンの向こうに消えた。私は父に向き直った。

「わざわざ来たのか」

父は照れくさそうな顔でそう言った。

「会社の高橋さんっていう方が、電話くれたの。それで急いで……」

「そうか、悪かったなあ。道代さん、どうだ？　足の方は」

「それよりお父さん自身でしょ。気分はどう？」

起き上がろうとして左手を動かした父は、点滴に気づいて「まったく、まいったな」とつぶやく。私は点滴の機械をベッドの近くに寄せて、父が起き上がりやすいようにした。

「ちゃんとご飯食べてたの？」

自分の親にそんなことを言うのが、なんだか不思議だ。

「まあね、それなりに食べてるつもりだったんだがね」

「過労と貧血だって？」

「ここのところ忙しくてなあ。帰ってきて、ソファでそのまま寝ちゃって、明け方起きたり、そんなことが続いたのが悪かったなあ」

ひとりでソファの上でうたた寝をしている父を思うと胸が痛んだ。

「明日、検査だって？　私、とりあえず明日も来るから」

「民宿は大丈夫なのか？」

「道代さん、ようやくギプスがとれたの。まだリハビリとかしなくちゃならなくて、なかなか大変そうだけど、でもけっこう元気だよ」

私と父は、民宿のことや修介さんたちのことをしばらくしゃべった。面会時間が過ぎてしまったので私は腰を上げた。

「じゃあ、この書類書いて、明日持ってくるから」

「よろしく頼むよ」

カーテンを開けて出ようとしたときに父が言った。

「紗希、来てくれてうれしかったよ。ありがとうな」

身体の奥に、何か熱いものがぐらりと揺れた。

「おやすみ。また来るね」

面会時間の過ぎた廊下は薄暗くしんとしていた。私は足音をしのばせてエレベーターに向かった。


自宅のある駅で降りるとホッとした。ここに帰ってくるのは二ヵ月半ぶりくらいだ。見慣れたスーパーやクリーニング屋の前を通ると、嬉しくて頬が緩んだ。

修介さんに連絡しなくては、と思い立ち携帯電話を取り出すと、緑色のランプがチカチカと点滅している。私からの連絡を待ちわびていてくれたのかと思いながら電話を開くと、連絡してきたのはなんと海人だった。

メールが二通、不在着信が三件。何かあったのだろうかと逆に心配になった。自宅までの道を歩きながら、まず修介さんに電話する。

「そうかあ、そんなに心配そうな様子でもないんだね。よかったよ」

電話の向こうから聞こえる修介さんの声の後ろで、「ああ、安心したあ」と嬉しそうな道代さんの声がしている。心配してくれる人がいるっていいな、と思った。

それから海人に電話をかけた。一度目のコールが鳴り終わらないうちに「紗希か？」という大きな声が聞こえてくる。

「何度も電話もらったみたいで、ごめん。どうかした？」

「どうかしたじゃなくてよ、父ちゃんどうだった？　病院に行ったんだろ？」

学校帰りに民宿に寄った海人は、修介さんに私が東京の病院に向かったことを聞いたらしい。

「明日検査だから。その結果が出るまではなんともいえないんだけど」

海人は珍しく大きくため息をついて「そうかあ」となった。

「紗希、ひとりじゃ心細いな」

「え？」

「紗希の母ちゃんには連絡してないんだろ？　なんかあったらオレんとこに電話しろよ」

電話から聞こえてくる海人の声が、まるで私の耳元でささやいているように感じる。

「……うん」

沈黙のあと、ようやく声が出た。

「なあ、……帰ってくるんだろ？　帰ってくるよな？」

「何言ってんのよ」

「父ちゃん、大丈夫そうなんだろ？　落ち着いたらこっちに戻ってくるよな？」

どういうわけか涙が滲んできた。

「当たり前じゃない」

「そっか。そんならいいよ」

涙が頬を伝った。いつもの海人らしくない、静かな話し方が私の耳に心地よく響いた。

「紗希、今どこにいるんだ？」

「自宅に着いたところ」

角を曲がり、我が家の門が見えた。外灯も点いていないし、もちろん部屋の電気も消えている。大学のサークルの飲み会で遅くなったとき、こんな風に真っ暗な我が家に帰ってきたことがあったが、そのときはこんな気持ちにはならなかった。誰も帰ってこない家は、ただそこに建っているだけの空っぽの建物だった。

「じゃあ、もう切るよ」

私はわざと明るい声で言った。

「うん。なんかあったらいつでも電話しろよ」

「わかった。じゃあね」

電話を切り、門扉の取っ手に指をかける。ひんやりとした感触にはっとした。ドアを開けて足を踏み入れた我が家は、洞窟のように真っ暗で冷たかった。

リビングのソファに座り、私はひとりきりの遅い夕食をとった。コンビニで買ってきたパスタサラダとおにぎりが一つ、それにペットボトルの紅茶が一本。白いビニール袋から取り出すときのガサガサという音がものすごく大きく聞こえるほど、家の中はしんと静まり返っている。

他に誰もいないのだから当たり前だ。みんなが寝静まったあとの伊豆の民宿も同じように静かだが、ここの静けさは何か違う。温度とか密度とか、そういった目に見えない何か、肌で感じる何かが違っていた。

昨日までの父も、そして家を出る前の母も、こんなにひっそりとした空間でひとりきりの時間を過ごしたのか。リビングの外の廊下や、その向こうにある洗面所や風呂場まで家の中の闇は続いている。自分ひとりには不必要に広いその空間のせいで、家全体の空気がどんどん冷たくなっていくようだ。

昔見た映画で、アメリカに住むインド人の女性が、夫のいないひとりきりの家で暮らす孤独に苦しみ、夜中に家中の電気を点けて回るシーンがあったのを思い出す。あれを見たときには、寂しいんだろうなと思っただけだった。でも、今こうしてここに座っていると、あのシーンの中の女性の気持ちが言葉抜きで心に伝わってくるように思えた。

「大勢の人に囲まれてたって孤独を感じることがある」と言った清司さんはどうしているだろう。彼の心の中には、今私が感じているこの暗闇の空間が常に存在しているのかもしれない。

「ひとりになって、自分自身の悲しみとだけ向き合って、そうやって生きる方が楽だった」

清司さんのその気持ちは、もしかして母にも通じるところがあるのかもしれない。家族の間で取り残されたように孤独を感じていた母は、その気持ちを私たちと分け合うのではなく、自分ひとりで抱えてこの家を出て行ったのかもしれない。

今、母と一緒にいる人は、そんな母の気持ちをわかってくれたのだろうか。だから母はその人と生きることを選んだのだろうか。

「麻美のことは、自分ひとりで抱えていく。誰とも共有できないし、しようとも思わない」

清司さんは毎日、ひとりきりの夜を迎え、長い時間をひとり闇の中で過ごし、そしてひとりで朝を迎える。

「紗希ちゃんには、言う必要のないことだから」

私は清司さんの世界には入れない。彼の心の内側には踏み込めない。私はあの人に必要とされてはいない。私はただ、彼が締め切った家の外から、窓越しに覗いてみることしかできないのだ。

陶子さんには扉は開かれるのだろうか。彼女に対してなら、あの窓を開けてカーテンを風にそよがせるのだろうか。胸に苦い思いが広がった。

真っ暗な階段の電気のスイッチを入れる音が、妙に大きく響く。私はそろりそろりと階段を上がって自分の部屋に向かった。二ヵ月半ぶりにもぐりこんだ自分のベッドは、どことなく湿っぽくてひんやりして、なかなか寝付けなかった。

2

翌朝は起きて着替えるとすぐに家を出た。新宿駅に着き、近くにあるマクドナルドに寄り、マフィンとホットコーヒーで腹ごしらえをする。店内には黒い大きなビジネスバッグを抱えた男性や、スーツ姿で書類の束をめくる女性の姿があった。私の隣では、ストライプのネクタイを締めた中年男性が日経新聞を熱心に読んでいる。その姿に、父の顔がだぶった。

病室を訪れると、父は目を閉じてベッドに横たわっていた。私が静かに近寄ると目を開けて「やあ、おはよう」と笑顔で言った。

「昨夜はなんだか落ち着かなくてなあ。ずっとベッドにいたくせに寝不足だよ」

目を閉じていたことの言い訳をしているようだ。

「私も、自分の家にいたのに、あんまり静かすぎてなんだか落ち着かなかった」

父は私の言葉に思い当たるところがあるのか、「そうだな」とうなずいた。

検査は午前中いっぱいかかったが、昼食の配膳が始まるころに病室に戻ってくることができた。父の食事に合わせて、私は売店で買ってきたサンドイッチをベッドの脇で食べた。

二人で伊豆の話をした。

「夏に二泊したときは、なんだか楽しかったなあ。民宿の風呂掃除したり、皿洗いしたり。あの三日間だけは、日常からまったく切り離されてすごく新鮮だったよ」

「お父さん、お皿二枚も割っちゃったよね」

私たちは顔を見合わせて笑った。

「そういえば、あのとき会った男の子、海人くんだっけ？　あの子元気かい？」

「ああ、海人ね。うん、元気だよ。相変わらず民宿にしょっちゅう顔を出してるよ」

父は「そうか、そうか」と何度もうなずく。その表情がなんとなく引っかかって、「どうしたの？」と尋ねた。

「あの子は紗希のことが好きなんだろう」

「えっ？」

驚いて顔を上げた拍子に、サンドイッチに挟んであるスライスしたキュウリを床に落としてしまった。

「そ……そんなことないよ。ない、ない」

「父さんだって男だからなあ、あの子の顔とか視線を見てればわかるんだよ」

父は楽しそうに笑う。私に向けて父の口からそんな話題が出るなんて、本当に驚いた。恋だの彼氏だのという話は、今までにしたことなどなかった。

「なかなかいい子みたいじゃないか」

「そう？　やたら体格よくて、暑苦しいでしょ」

海人をほめられたのがなぜか照れくさくて、ちょっとだけけなしてみた。

「いやいや。挨拶もしっかりできるし、はきはきしてて、人懐こくていいよ。まあ、若干子どもっぽいところはあるけど」

まったく同感だが、そう言われたら言われたで、今度は海人の肩を持ちたくなる。

「まあね。でも、あれでもアイツなかなか苦労してるの。お父さんが病気になって、家の商売のために好きだったアメフトをあきらめたりして」

「そうなのか」

「うん。家でも弟や妹の面倒みたり、仕事手伝ったり、いろいろ働いているらしいの」

「今どきの高校生にしては、珍しく骨のあるヤツだな」

父は食べ終わった食器を重ねながらうなずいている。

「紗希には、そういう家族とか周りを大切にするような人と結婚してほしいと思うよ」

「はあ？」

話が飛躍しすぎだ。「私まだ学生ですけど？」とあきれてみせた。しかし、父は急に真顔になって私の顔をまっすぐに見つめた。

「父さんとお母さんのことで、紗希にはつらい思いをさせて迷惑もかけた。本当にすまないと思ってる」

父が離婚のことについて、こんな風に正面切って話をするのは初めてだった。私がまだ自宅にいた七月ごろには、視線さえまともに合わせなかったのだ。

「ひとりになって、いろいろ考えて、まあ今だから言えるけど、けっこう自暴自棄になって、酔いつぶれたりしたこともあったよ。でも、だんだんと自分のことを素直に考えてみる気持ちになってきたんだ」

父はベッドの上で静かに話を続けた。

「修介にもずいぶんと世話になったよ。週に一、二回くらい電話をくれるんだ。『今日、紗希ちゃんがこんなこと言ってたよ』とか、『この前、こんなことがあったんだ』とか、紗希の話をいろいろ教えてくれてね」

そんなことちっとも知らなかった。

「父さん自身のことは何も尋ねないし、離婚のこともまったく口には出さない。ただ、紗希がどうしてるかって話をいつもしてくれたんだ」

修介さんは、私には何も言わなかったけれど、そういえば何度か「お父さんに電話とかしてるの？」と聞かれたことを思い出した。

「紗希が伊豆でがんばってる、しかもいい人たちに囲まれて楽しくやってると思うとさ、父さんもだんだん元気が出てきてな。ほんとにありがたいと思ってるよ」

父の笑顔は穏やかだった。南向きの窓からは心地よい陽射しが差し込んで、父の左肩を照らしている。

「お母さんのことも、今までいろいろ思ってきたけど、そろそろいいかな、仕方ないかなと思うんだ」

「いいかなって、許すってこと？」

父は少し間を置いてから答えた。

「……まあ、許すなんて言うと、ちょっと尊大な態度みたいで抵抗があるけど」

「だって、出て行ったのはお母さんのわがままって言うか、勝手な行動じゃないの」

口ではそう言ってみたが、心の底では母の孤独感を感じとっていた。

「まあ、そうかもしれないけどなあ」

父は窓の方に視線を移し、まぶしいのか目を細める。

「でも、やっぱり寂しかったんだろうなあ。ひとりであの家に長い時間いるのが、きっと寂しくてたまらなかったんだよ。でも、それをわかってやれなかったし、わかろうともしなかった。そんなこと考えもしなかった。父さんにとって、お母さんは空気と同じでさ、あって当たり前、ありがたさなんて感じたこともない。でも、失って初めて、それがあったからこそ今まで生きてこられたんだって気づいた」

父は一度ごくりとつばを飲んだ。

「でもお母さんは空気じゃない。ひとりの人間で、母親で、女性なんだ。だから、父さんが必要としているのと同じだけ、お母さんも何かを必要としていた。それを気遣ってあげられなかったのは父さんの責任なんだよ、きっと」

母も何かを必要としていた――心がうずいた。

「もう少し早く、こういう風に考えられたらよかったよなあ」

父は寂しそうな、それでいてどこかほっとしたような顔で私を見た。

「お父さん、すごい。そんな風に言えるなんて、なんていうか……えらいなあ」

「えらくはないけどさ」と父は笑う。「そう気づかせてくれたひとがいるんだ」

そう言って再び窓の方を向く。

「ヤケになってお酒ばっかり飲んでたころから、よく行ってたスナックがあってね。いつもカウンターの一番隅っこに座ってさ、ひとりでウイスキーとか飲んでたわけだよ」

父は少し恥ずかしそうな顔になる。

「夏に伊豆から戻ったあと、その店に行ったときにさ、たまたま店で一緒になったオヤジとケンカになっちゃって」

「えっ！　お父さん、ケンカしたの？」

自分の声の大きさに自分で驚いて、慌てて両手で口をふさぐ。父は「しーっ」と右手の人差し指を口に当てた。

「そのオヤジ、すごく酔っ払ってて、わけのわからないことをぐだぐだと店中に聞こえるような声でしゃべってて、おまけにその店のママをくどきにかかったんだよ」

「うわー、まるでテレビドラマのワンシーンだね」

私は感心する。

「そこで、正義の味方になった父さんが『おい！』って、そいつにケンカをふっかけたわけさ」

「お父さん、酔ってたの？」

「……ああ」

照れくさそうに、素直に認める父はなんだかかわいらしい。

「そいつ、お店の常連だったらしいんだけど、『こんな店二度と来ない』って啖呵切って出ていっちゃってさ。コップはいくつか割っちゃったし、他にいたお客さんも帰っちゃったりして、結果的には店に迷惑かけたかたちになって」

「四十八歳のヒーロー、だめじゃん」

私は大きくため息をついて苦笑いした。

「そうなんだよ。それで、すみませんって何度も謝ってるうちに、なんだか泣けてきてさ。自分はいったい何やってるんだろうって」

情けない赤い顔をした父がうなだれている姿を想像する。なんともみじめな映像が思い浮かんだが、なぜかいやな感じはしなかった。苦しんで、悲しんで、爆発した父は、とても人間味があるように思えて、親近感が持てた。

「そしたら、そのママさんが言ってくれたんだ。『何か苦しんでたんでしょう』って。『いつもひとりで飲んでる顔見てて、ずっとそう思ってた』って。そして、『いいのよ、あんなお客、二度と来なくたって。コップなんか割ったってどうってことない。それより好きなだけ飲んでいきなさい』って」

ママさんはとっておきのウイスキーで水割りを二つ作ると、父と一緒に飲んでくれたそうだ。父はそこで離婚のことを話したらしい。妻への憤り、自分への苛立ち、家族をつなぎとめておけなかった喪失感などをぶちまけると、ママさんは言ったそうだ。

「よくわかるわよ。でも、怒りや嫌悪感を持ち続けることって、すごくエネルギーを消耗するものなの。あなた、もう疲れ切ってるんだから、そろそろ自分をそういうものから解放してあげたら？　そうすると楽になるわよ」

乾いた父の心に、その言葉が恵みの雨のようにしみこんだという。

「それからさ、少しずつ自分の気持ちが変化していったよ。朝起きたとき、ひとりで夕飯を食べてるとき、今までと何か違うものに満たされているような自分に気づいた」

水色のエプロンをした病院の介護スタッフの人が、食膳を下げに入ってきた。父は「ごちそうさまでした」とにこやかにお盆を差し出した。

「じゃあ、お父さんはそのママさんに気持ちを救われたんだね」

「うん、まあ、そうかな」

「ねえ、もしかしてそのママのこと、いいなとか思った？」

私はわざとにやけ顔をして聞いてみた。父は「あはは」と笑うとあっさりと答える。

「残念でした。彼女には素敵なだんな様がいるそうです」

「そうなの？」

父はうなずくと、嬉しそうに続けた。

「でも、男と女としてじゃなくて、父さんは彼女のことがとても好きだよ。だから、今でもときどき店に寄らせてもらってる」

「へえ」

私が身を乗り出すと、「今度、紗希も連れて行ってやろうか」と言うではないか。

「行く、行く！　絶対連れてって！」

父と一緒に、父を苦しみから救う手助けをしてくれた女性の店に行くなんて、考えただけでもワクワクする。

「よし、じゃあ、父さんも体調整えておくから、年末あたりでも行けるようにしよう」

私が手帳を取り出すと、「いつがいいだろうか」と一緒に相談した。私と父の新しい関係、新しい生活が始まったように思えた。


父は二日後に退院することになった。まだすべての検査結果が出たわけではなかったが、血液検査や心電図、レントゲンやエコーなどでは心配な点は見当たらないそうだ。

「修介んところは大変だろうから、帰ってあげてくれ」と父が言うので、翌日伊豆に戻ることにした。昼食を父と一緒に食べたあと、私は病院をあとにした。

東京駅を午後二時前に発車する電車に乗り込んだ。修善寺からバスに乗っても、五時か五時半くらいには帰り着くはずだ。ようやく人心地がついたところで携帯電話を取り出す。海人から二通もメールが届いていた。

〈父ちゃん、どうだー？〉

〈帰る日がわかったら、メールしろよ〉

二通目のメールには、音符の絵文字まで入っていた。まったく……と心の中でぼやきながらも、こうして誰かが自分の帰りを待ってくれていることはまんざらでもない。

〈東京駅から電車に乗ったよ。そっちには五時半ごろに着く予定〉

返信はすぐに来た。

〈オッケー〉

「なかなかいい子みたいじゃないか」と言った父の顔が浮かんだ。そう、確かに海人はいいヤツだと思う。でも……。

しがみついた私の両腕をつかんで、そっと身体を離した清司さんのことを思い出す。どうしてあの人に惹かれるのかわからなかった。電車の窓ガラスに映る自分の顔の向こうに、清司さんの寂しそうな笑顔を見たように思えた。

電車の終点である修善寺から路線バスに乗り、民宿に近い停留所で降りたときには、もうあたりはだいぶ暗くなっていた。出発したのはおとといのことなのに、ずいぶんと日にちが経ったような気がする。

「紗希ー」

海人の声だとすぐにわかった。私があたりをきょろきょろと見回すと、薄闇の中でこちらに向かって手を上げながら近寄ってくるのが見えた。

「ウッス。迎えにきてやったぞ」

そう言いながら、私のスポーツバッグに手を伸ばす。

「別に、そんなの頼んでないし」

なんだかほっとした私は、わざとバッグを抱え込んだ。

「なんだよー、そんなこと言うなよ。せっかくマイカーで迎えに来てやったのに」

海人は、自転車のベルをチリンチリンと鳴らした。

「へえ、すっごくスピード出そうじゃないの、このマイカー」

海人は私のバッグをすばやく奪い取ると、自転車の前カゴに乗せて平然と言った。

「まあ、オレがこげば時速六十キロは堅いな」

バカバカしい冗談が、ひどくうれしい。

「じゃあ、お手並み拝見といきますか」

私は海人の自転車の荷台にまたがると、彼のベルトに沿って厚みのある腰に腕を回してつかまった。海人の身体が一瞬だけカクンと固まったのと同時に、私の身体の奥で何かがドクンと反応する。

自転車をこいでいるうちに、海人の身体が熱くなってくる。腰に回した腕でそれを感じた。

「紗希〜」

海人は間が抜けたような叫び声をあげる。

「何？」

風に逆らって声を張り上げた私の問いに彼は答えた。

「おかえり〜」

第四章

行き場のない想い

1

十一月になると、伊豆の町や山々が秋色に染まり始めた。民宿の玄関の脇にあるハナミズキの葉も濃いえんじ色に変わっていた。

道代さんは松葉杖から解放され、日常の生活にはほとんど支障がなくなった。民宿の仕事も以前と同じようにこなせるようになり、私も最初に分担された仕事をするだけでよくなった。少し物足りない気もしたが、余裕が出た分、庭の隅々まで掃除したり、ミニバンにワックスをかけたり、自分なりに仕事を探してするようになった。

日曜日に、久しぶりにシマ子さんの家を訪ねた。

「もらいものだけど、これ、持っていってあげて」

道代さんに頼まれた和菓子の包みを自転車のカゴに入れて、ひんやりとする風の中を走った。

例によって回り道をして清司さんのアパートの前の通りに出ると、シマ子さんと清司さんが立ち話をしているのが見えた。

「おや、紗希ちゃん。早かったねえ」

「自転車、飛ばしてきましたから」

私は自転車から降りてシマ子さんたちの方へ歩み寄った。清司さんと目が合ったが「こんにちは」と頭を下げて、なんとなく視線を逸らしてしまう。

あの部屋を訪ねた日以来、何度か彼と顔を合わせたことはあった。そのたびに、私はぎこちない態度になってしまうのに、清司さんは前と変わらずやさしく声をかけてくれた。それが、私に対して特別な感情を持っていない証拠だと思うと、逆に寂しかった。

そのとき、ふと、彼が手に白と黄色とえんじ色の菊を何本か持っているのに気づいた。

「じゃあ、ぼくはちょっと行ってきます。あとでおじゃまさせてもらいます」

清司さんはそう言うと、私にも笑顔を見せてから背を向けた。私はシマ子さんと一緒に家に向かった。


シマ子さんの家に入ると、ご主人の仏壇にろうそくを灯し、道代さんから預かってきた和菓子の届け物を供えてから手を合わせた。仏壇の花瓶には菊の花が生けてあった。

「清司さんもこれと同じ菊を持ってましたね」

「ああ、あれね。うちの庭に咲いてるのを分けてあげたんだよ」

台所から出てきたシマ子さんは「どっこいしょっと」と腰を下ろした。ガラス戸から庭に目をやると、夏にヒマワリが咲いていた脇あたりに菊の花が咲いているのが見えた。

「今日はね、清司さんにとって大切な日だからね。あの花を持って地蔵様へお参りに行ったんだよ」

「大切な日？」

「ああ。亡くなったお嬢ちゃんの命日だよ」

命日……。この言葉を聞いてこんな気持ちになったのは初めてだった。清司さんは毎年ひとつずつ歳を重ねながら、毎年この日を迎え、そして毎年同じように花を携えてあの坂道を上っていくのだろう。どんな気持ちで？　悲しみはずっと変わらないのだろうか。それとも少しずつ何か変わっていくのだろうか。

「今日は天気もよくて、海もきれいに見えるだろうから、お嬢ちゃんも喜んでるだろうよ」

シマ子さんはこぽこぽと音を立てながら、急須に入れたお茶を湯呑みに注いだ。白い湯気が一瞬だけほっこりと膨らみ、それから縦に長く伸びてゆっくりと上がっていく。

「あとでうちに寄るって言ってたから、そしたら紗希ちゃんが持ってきてくれたお菓子でも一緒に食べようか」

「はい」

私は仏壇の菊の花に目をやった。清司さんは今ごろあの坂道を上っているのだろう。少しだけ背をかがめて足下を見つめながら上っているかもしれない。それとも青い空を仰ぎながら歩いているだろうか。そんなことを考えながら、あのお地蔵様の横に座って海を見つめる清司さんの姿を思い浮かべた。


夕食の準備のためにシマ子さんが立ち上がったとき、私はガラス戸の外に目を向けた。空は昼間の青空から夕方の薄雲のかかった淡い水色に変わってきていた。先ほど清司さんと別れてからもう二時間以上経つのに、彼はやってこなかった。

「どうしたんだろうねえ。来るって言ってたのに……。何かあったのかねえ」

のれんを片手でよけながら顔を出したシマ子さんが、部屋の時計を見ながら小さくため息をつく。どういうわけか、私の心が風に煽られる麦畑のようにざわざわとし始める。

「私、ちょっと見に行ってこようかな」

誰にともなくそうつぶやくと、シマ子さんが寄ってきた。

「そうかい？　紗希ちゃん、行ってみてくれる？」

「ええ……いいですけど」

「いや、なにかね……。うん、なんだか心配なんだよ」

急に神妙な顔つきになってシマ子さんは私の脇に座った。

「何かあったんですか？」

「そうじゃないんだけど……」

それから少しの間黙り込んだシマ子さんは、再び口を開いた。

「さっき、あのひとの背中を見送ったときにね、妙に不安になったんだよ。なんだか今日はいつもと違ってて、どことなく寂しそうでさ。何が違うって、うまく説明できないんだけど。だから、あとでうちにおいでって声かけたんだよ」

そんな話を聞くと、余計に落ち着かなくなり、私は立ち上がった。

「じゃあ、そのあたりまで行ってみます」

「うん。まあ、すぐそこでばったり……なんてことになるかもしれないけどね」

シマ子さんは、とってつけたような笑顔を私に向けた。靴を履いて玄関を出ると、西の空がかすかにピンク色に染まり始めていた。

角を曲がるたびに、そこで清司さんと出会うかもしれないと期待しながら歩いていった。墓地に向かう階段に着いたころには、空一面が濃いオレンジ色になり、長く筋を引いた雲は夕陽に照らされて、真新しい銅板のような色に輝いていた。カラスが二羽、鳴き声をあげながら夕空を横切る。まるで昔ながらの童謡の世界そのものだ。

階段を上りきっても清司さんの姿は見えなかった。いったいどこへ行ったのだろう。そして、なぜシマ子さんはあれほどまでに心配するのだろう。清司さんは一人前の大人なのに。私は腑に落ちないながらも先を急いだ。

シマ子さんのご主人のお墓の前でいったん手を合わせ、そこを通り過ぎると例のお地蔵様が見えてくる。

「あれ？」

無意識に声が出た。西日が目に入ってよく見えないのだが、なんだかお地蔵様の背丈が縮んだように感じる。さらに近づいていった私は思わず両手で口を覆い、のどの奥で声にならない叫びを上げた。

お地蔵様に、首がなかったのだ。

視線を落とすと、切れ長の目で静かな笑みを湛えた顔が横を向いて、赤い前垂れと一緒に足下に転がっている。胴体とつながっていた部分の真新しいごつごつの石の断面が、風雨にさらされた表面より異様に白っぽくて生々しい。全身が硬直したように、私は動くことができなかった。目を背けたかったが、それすらもできなかった。

どのくらいの間、そうやって立っていたのだろう。身体中を覆っていた氷がゆっくりと溶け始めたかのように、やっとのことで息をつくことができた。

お地蔵様の頭の横に、清司さんが持っていたのと同じ菊の花が散らばっているのに気づいた。恐る恐る近づいてから、私はその場にしゃがんで花を拾い上げる。菊の花はみな、くたりと頭を垂れた。

墓地を見渡したが、清司さんの姿は見当たらない。私はときどき「清司さん」と小声で名前を呼びながらあたりを歩き回った。しかし、墓地には自分以外の誰ひとりとしていなかった。

秋の夕暮れは短い。燃えるようだった空はみるみるうちに色褪せていき、夕闇が忍び寄ってくる。遠くに見える海も、姿を変えて灰色がかってきた。急に心もとない気持ちになって、私は来た道を戻り始めた。とにかくシマ子さんに報告して、一緒に清司さんを捜そう。だらりとしなった菊の花を右手に握りしめて、私は薄闇の中の山道を駆け下りた。


夜の八時ごろまで待ったが、清司さんはやって来なかった。

「まあ、あの人も立派な大人なんだから、私たちがあれこれ心配することもないよね」

言葉とは裏腹な表情でシマ子さんが時計を見上げる。

「もし、うちに来たら電話入れるから、紗希ちゃんはもうお帰りよ」

後ろ髪を引かれる思いではあったが、私がいてどうにかなるものでもない。シマ子さんに余計な心配をかけても悪いと思い、言われたとおりに帰ることにした。

角を曲がる前に、「気をつけてね」と見送ってくれたシマ子さんのことを振り返ると、街灯の下に立つ姿が頼りなげに見える。私は大きく手を振ってから角を曲がった。

翌日の昼前にシマ子さんに電話を入れたが、清司さんは留守にしているようだと言った。夕食の片付けが終わって再び電話をしたが、そのときも同じ返事だった。

次の日になっても、清司さんの所在はわからなかった。

「普段から毎日連絡を取り合ってるわけじゃないからね。何か用事があって出かけたのかもしれないし……」

シマ子さんはちっとも納得していないような声で言う。

「あの、お地蔵様はどうなりましたか?」

地面にごろんと転がったお地蔵様の頭部を思い起こす。切れ長の目で静かに微笑む表情と、折れた部分の真新しい石の色を思い出すと、身体の奥がぞくっとする。

「お寺さんに行って話をしたら、住職さんがとても悲しんでね。とりあえず覆いをかけてあるらしいけど、あれじゃあどうにもならないだろうね」

シマ子さんは長いため息をつく。

「あのお地蔵様はもうなくなるってことですか?」

「そうなるんだろうね」

清司さんはどう感じるのだろう。今までずっと大切にしてきたお地蔵様が、あんな無残な形で壊されて取り払われてしまう。彼にとって、あのお地蔵様は亡くした娘さんを供養するための大切な対象だったはずだ。子どもに捧げ続けることのできなかった行き場のない愛情と、いつまでも癒されない自分の心を、伊豆に住むようになってからずっと、あのお地蔵様に向けてきたのではなかったか。

「かわいそうだねえ。お地蔵様も、清司さんも」

もう一度大きくため息をついたシマ子さんは、「もし帰ってきたらすぐに連絡するからね」と言って電話を切った。私も静かに受話器を置いた。


その夜、海人がやってきた。「英語の宿題手伝ってくれ」と昼間にメールをもらっていた。大学で英文学科に在籍している私を頼ってきたわけだ。

海人は「五行以上読み続けると理解不能になる」と、うんざりした顔で言う。

「高校三年生でしょう。このくらいの英文読めなくてどうすんのよ」

「オレは店を継ぐの。伊豆で魚屋やるのに英語なんてできなくてもいいよ」

海人は、英語の宿題はまかせた！　と言わんばかりに、数学のプリントをかばんから出し始めた。

「外国人のお客さんだって来るかもしれないでしょ」

「ここは日本なんだから、日本語しゃべれってんだよ。いや、コミュニケーションはハートだよ、ハート！」

バン、と音を立てて胸をたたいた海人は、豪放磊落と言えば聞こえはいいが、めんどうな勉強をしない理由をうまく他の理由にすり替えているのが見え見えだ。

「でも宿題はハートじゃ片付かないもんね」

ガハハと笑った海人は「紗希ちゃん、お願いしますねえ」と両手を合わせた。そんな彼を見ていると、いつのまにか笑顔になっている自分に気づく。仕事が忙しくて大変だったことも、疲れていることも忘れてしまっている。くすっと笑って、私は英文に目を戻した。

しばらくたって、海人が「あーあ、わけわかんねー」と伸びをした。

「何？　数学もできないの？」

「だってさあ、この文字ばっか並んでる式とか、三角や四角の図形とか見てると、吐き気がしてくるんだよなあ」

私は「どれどれ？」とプリントをたぐりよせて、問題文に目を通す。

「これ、三平方の定理を使えば簡単じゃない」

「なんだ？　サンヘーホーノテーリって。まるで競馬の馬の名前みたいだな」

よく高校三年生やってられるわね、と言ってやりたかったが、その前に吹きだしてしまった。笑わせようとして言った冗談ではないところが、余計におかしかった。

「これ、明日までに出さないと、オレ、終わっちゃうんだよお」

海人はそう言って、右手で首を切る真似をした。そのとたん、私は墓地で見たお地蔵様を思い出した。それと同時に、清司さんの横顔が目に浮かんだ。

「八年経っても同じことを考えてる。同じことを言ってる。ちっとも前へ進めない。いつも気がつくと同じ場所に戻ってきている魔法の森にいるみたいだよ」

そう言ったときの寂しそうな笑顔を思い出すと、彼の身に何かが起こっているような不安に襲われて、いてもたってもいられない気持ちになる。

窓に目を向けると、風が強いのか、窓枠が時折カタカタと小さく音をたてている。そういえば、低気圧が近づいていて明日は嵐のような天気になると、夕方の天気予報で言っていた。窓枠の鳴る音が余計に私の不安をあおった。

「紗希？　……どうかした？」

「え？　ああ、ううん。なんでもない」

取り繕ったように笑った私を海人はじっと見つめる。どういうわけかその視線に耐えられなくなって、私はうつむいた。私たちは少しの間黙り込んだ。窓枠の鳴る音が妙に大きく、耳障りに聞こえる。

「あのさあ、聞いてもいいか？」

「え？」

海人の声がいつになく真剣みを帯びていて、私は思わず顔を上げた。

「紗希は、好きなヤツいるの？」

一瞬言葉に詰まった。

「……やだあ。何よ、急に」

「どうなんだよ」

清司さんの顔が頭に浮かんだ。

「そんなこと、あなたに言わなくちゃならない義理はないでしょ」

視線を逸らすために、私は英語の宿題に視線を戻した。海人は黙っている。

「そんなことより、その数学の宿題、早くやっちゃえば？　あと何問残って……」

「おとといから、紗希、なんか変だよ」

私の言葉を遮ってそう言ってから、海人はまっすぐ私の顔を見た。

「別にそんなこと……」

「絶対、変だって。何かすごく気になってることがあるみたいだし。どっか遠く見ながら考え事してるし」

意外にも鋭い観察力に驚く。そんなことない、と言おうかと思ったが、ただの言い訳になってしまいそうだったのでやめた。海人は私が黙っているからなのか、手にしていたシャープペンシルを放り出すと、両手を畳に置いてから身体をのけぞらせた。

「明日は嵐だってなあ。学校、休みになんねえかな」

それからゴロリと仰向けに寝転がった。

シマ子さんからは、未だに連絡が入らない。清司さんはどうしているだろう。言いようもなくいやな予感が再び頭をもたげてくる。明日はシマ子さんの家を訪ねてみよう。仰向けに寝て天井を見上げている海人のあごのあたりを見つめながら、私は、うん、と大きく頷いた。

2

翌日は、昨晩からの風がさらに強まり、九時ごろになると細かい雨も降り出した。暗い空を見上げると、濃い灰色の雲と淡い灰色の雲が、お互いに混じり合いうねりながら、強風に追われるように空を流れていく。

車で出かけるという修介さんに、シマ子さんの家まで送ってもらうことにした。乗り込もうとして開けたドアが、風に煽られてものすごい勢いで開いた。慌てて助手席に飛び込み、思い切りドアを引いて閉める。

「はあっ。すごい天気ですね」

吹き付ける風雨からのがれて、ほっと息をつく。

「台風みたいだなあ。こんなに風が強いと危ないから、やっぱり今夜はあっちに泊まってきた方がいいよ。道代がそう連絡したらしいから」

「でも……」

修介さんと道代さんには、休みというものがほとんどない。私だけがのんびりと外泊するのはとても申し訳ない気分になる。

「そうすれば心配しないからさ。いいよ、どうせお客さん一組しかいないんだから、こっちのことは気にしなくて」

「すみません」

修介さんは、アハハと笑って車を発進させた。

道路はいつもより車の往来が少ない。視界の悪い道をどの車もせかせかと急いで目的地に向かって走っているようだ。窓から見える海は灰色に染まり、白い波頭が無数に立っていた。水平線と空の境目はまったく見えず、道路に近い海面は激しくうねりながら、岩場にぶつかると白い波しぶきをあげて砕け散った。

「紗希ちゃんは、道代の実家に行くのが好きだね」

修介さんは左手をハンドルから離すと、カーラジオのスイッチを押しながら言った。

「はい。なんだか〝おばあちゃんのうち〟って感じで、好きなんです」

「そうかあ。うちの両親はマンション住まいだしなあ。そういう感じじゃないよね」

父方の祖父母は、静岡市内の駅に近いマンションに住んでいた。病院もスーパーも近くにあって便利だからと、祖父が定年退職する前に買ったものだった。去年、通り一本隔てたところに老人向けデイサービスセンターがオープンし、夫婦そろって週に何度か通っているらしい。父方の祖父母の生活は、とても洗練されてのびのびとしていた。二人ともやさしくて好きだったが、シマ子さんとはずいぶんと違っていた。

シマ子さんは、どこか郷愁をそそられるような雰囲気を持っていて、自分の子ども時代にタイムスリップしたような懐かしさを覚える。家も、父方の祖父母のマンションと比べたら段違いに古いし、田舎くさい。しかし、すすけた台所の天井や、木目の浮き上がった縁側に、私はとても愛着を感じる。

「そういえば、兄さんはどうしてるかな。このところバタバタしてて、十日くらい電話もしてないいんだけど」

修介さんは、ハンドルを握ったまま私をチラリと見た。

「先週電話したときには、体調はずいぶんいいって言ってました。入院する前より、ずっと良くなったって。やっぱり、ひとりきりで自分のことかまわないから、身体が悲鳴をあげちゃったんでしょうね」

「そう……。まあ、兄さんもよく頑張ってるよね、ひとりで」

「修介さん、しょっちゅう電話してくれてたそうですね。父がそう言ってました」

「まあ、そのくらいしかしてやれることがなかったからね」

赤信号で停車し、修介さんがラジオの周波数を変えると、今まで音楽が流れていたラジオからは、気象情報が聞こえてきた。風雨のピークは今日の夜中になるという。

「それにしても、奥さんに出て行かれるってのは、想像以上につらいかもしれないな。足をすくわれるっていうか、カーブを曲がったらその先の道がなかった、みたいな感覚なのかな」

そのたとえ話を私は頭の中で想像する。突然途切れてなくなっている道から、空中をとめどなく落ちていく自分自身を思い浮かべた。

「家族って、増えるときはすごく待ち遠しくて嬉しいし、こんな幸せなことはないって思うんだろうけど、逆にいなくなるときって、唐突であっけないものなのかもしれないね」

青信号になり、車は再び走り出す。

「心の準備もなにもできていないときに、ポンと放り出されたように取り残されたら、やっぱり自分を見失っちゃうほどショックだろうなあ」

ポンと放り出されたように、という言葉にとても共感を覚える。母が去っていったときの私の気持ちは、まったくその通りだった。あまりにもあっけなくて、寂しくて、腹立たしくて、でもあのときには、自分でどうしたいのかわからなかった。誰かにこの気持ちをぶつけたいのだとわかったときには、そうできる人が誰もいなかった。広い家に取り残された父と私は、それぞれにそんな気持ちを持て余しながら、自分の殻に閉じこもっていたのだ。

「でも、兄さんには紗希ちゃんがいるから。今は一緒に暮らしていなくたって、これからいくらでも話ができるし、会えるし、困ったときにはお互いに助け合うこともできるしね」

修介さんは、私の方を見てにっこり笑った。

「うちは道代と二人きりだから、あれこれあってもお互いしかいないからね。なんとかうまくやっていくしかないよ」

車は表通りから角を折れ、やがてシマ子さんの家が見えてきた。

「どうもありがとうございました」

「雨がひどいから、挨拶抜きでこのまま行くよ。お義母さんによろしく伝えて」

修介さんの車は水しぶきをあげて走り出し、やがて見えなくなった。

玄関の引き戸を開けて入ると、家の中はひっそりとしていた。

「こんにちはー」

声をかけてみたが返事はない。よく耳を澄ましてみると、ふすまの向こうから話し声が聞こえてきた。「おじゃましまーす」と一応断ってから靴を脱いで廊下に上がる。

「……うん、そうなんだよ。……そうかい、やっぱりわからないかい」

どうやら電話で誰かと話をしているようだ。

「え？　ああ、そうかい。まあ、余計なことかもしれないけど、なんだか心配でね。……うん、そうだね」

立ち聞きしているのも気が引けて、「こんにちは」と声をかけながら私はゆっくりとふすまを開けた。シマ子さんは、ちょっと驚いたような表情をしたが、私だとわかると、うん、うんとうなずくように挨拶をしてくれる。

「じゃあ、待ってるから。陶子ちゃんも気をつけておいでよ」

私がビクンとして顔を見ると、シマ子さんは受話器を置いてから「今、お茶いれるからね」と笑顔になった。

「もう三日も留守にしてるみたいなんだよ。いつ行っても鍵はかかってるし、誰も出てこないしね。あの墓参りに行った日にはさ、うちに来るって言ってたのに、それっきりだろう。地蔵様のこともあるし、なんだか気になって仕方なくて、陶子ちゃんに電話してみたんだよ」

シマ子さんはテーブルの脇に置いてある小さなお茶筒を開けながら話した。

「陶子さん、今から来るんですか？」

「用を足すついでに、見に来てくれるっていうから」

私は無言のまま、シマ子さんが淹れてくれたお茶に手を伸ばした。陶子さんか……と胸の内でため息をつく。彼女にはもうずいぶん長い間会っていない。清司さんの住むアパートで、彼にしがみついて泣いていたところを見てしまったとき以来だから、二ヵ月ぶりくらいになる。陶子さんは、あのとき私がいたことは知らないだろう。それでも、何か後ろめたい思いがあった。

「雨はどうだい？　ひどくなってきたみたいだねえ」

「はい。修介さんに車で送ってもらったんですけど、雨がひどいから挨拶しないで行きますって。シマ子さんによろしく、って言ってました」

庭に面した窓のガラスが強い風でときおりガタガタと音を出す。それに合わせて、雨が吹き付ける音も聞こえてくる。雨はどんどん激しくなってくるようだ。私とシマ子さんは、口数も少ないままに向かい合ってお茶をすすった。

しばらくたって、誰かが玄関の引き戸を開ける音がした。それから「こんにちはー」という張りのある声が聞こえた。シマ子さんが立ち上がったので、つられて私も立ち上がったときに陶子さんがふすまを開けて入ってきた。私がいるのに気づいた彼女は、一瞬ぎょっとしたような表情になってからシマ子さんに目を向けた。

「行ってみる？　おばさん」

私などお呼びでないと言わんばかりだ。「そうだね」と答えたシマ子さんは私を見て言った。

「紗希ちゃん、何か羽織るものもって来たかい？　雨と風がすごいから、そのままじゃ濡れちゃうよ」

私が首を横に振ると、陶子さんが「この子も行くの？」と、私をまったく無視したようにシマ子さんに尋ねる。

「紗希ちゃんもずっと心配してくれてたんだよね。ほれ、紗希ちゃん、これ着て」

シマ子さんは、いかにもおばあさんが着るような、えんじ色をしたペラペラのジャンパーを私に差し出した。そして、自分用に紺色の雨合羽を壁にかけてあるハンガーから取った。陶子さんは、ふん！　といったように私をチラリと見てから、くるりと向きを変えて廊下に出た。

「じゃあ、外で待ってるから」

渡されたジャンパーを持ったままぼうっと立っていた私は、慌てて袖を通してファスナーを閉めた。


清司さんの住むアパートは歩いてすぐだったが、ひどい風雨のせいで足下はびしょ濡れになった。まだ昼間だというのに、厚い雲のせいかあたりは薄暗い。アパートの二階を見上げたが、清司さんの部屋に電気は点いていなかった。

建物の脇にある階段を上った。陶子さんが先頭を歩き、シマ子さん、私の順で続く。ジーンズにウインドブレーカーを羽織っている陶子さんの後ろ姿を見ながら、まだ暑い時期、ここで泣いていた陶子さんをまたしても思い起こした。

部屋の前に着いて呼び鈴を押したが、返答はない。何度押しても同じだった。陶子さんは、ジーンズのポケットから何かを取り出した。

「まさか中で倒れてるなんてことはないだろうね」

シマ子さんはそう言いながら、まだしつこく呼び鈴を押していた。陶子さんが取り出したのは部屋の鍵だった。なんのためらいもなく、まるで日常の当たり前の動作のように、ドアノブの鍵穴へ鍵を差し込んだことに私は動揺した。

陶子さんは、清司さんの部屋の鍵を持っていた。部屋の主の留守に、いつもこうして当たり前のように自分の鍵を使って入るのだろうか。

「清司、いる？」

陶子さんが部屋の中に向かって声をかけた。廊下に突っ立っている私の腕をシマ子さんが引いて中に入らせる。部屋の中は思ったよりも暗かった。

部屋に上がった陶子さんが「あれっ？」と声を上げた。私は慌てて靴を脱いだ。

九月にこの部屋を訪れたとき、一緒に夏みかんゼリーを食べたテーブルが見える。その部屋に入っていくと、微かな香りが漂っていた。

「このお線香、まだ煙が出てる」

陶子さんはシマ子さんを振り返った。シマ子さんは何も言わずに、部屋の隅にある戸棚に目を向けて言った。

「お位牌がないよ。おかしいねえ、いつもここにあるのに……」

三センチくらい残っている二本の線香からは、ふた筋の白い煙がまっすぐに上がっている。

「清司は今までここにいたってことかしら」

陶子さんはお線香を見つめたままつぶやいた。

そのとき、床に目を落とした私は、テーブルの脇に何か四角いものが落ちているのに気づいた。近づいて拾い上げると、それは写真立てだった。写真の中には、清司さんと女の人、そして二人の間には小学一年生の黄色い帽子をかぶり、赤いランドセルを背負った女の子が写っていた。清司さんの奥さんだった人と、ひとり娘の麻美ちゃんに間違いなかった。

私が無言でそれを見つめていたら、いきなり横から取り上げられた。驚いて顔を上げると、陶子さんが無表情に私を見下ろしていた。いや、私たちはほとんど背丈も違わないのだから、見下ろされていたわけではない。それなのにそう感じてしまうほど、陶子さんの目に私は威圧されてしまった。

写真に一瞥をくれてから、それを戸棚の上に戻した陶子さんは言った。

「もしかしたら、お墓参りに行った日からずっとここにいたのかもしれない」

「えっ！」

私とシマ子さんの二人が同時に叫んだ。

「でも、いくら呼び鈴を鳴らしても、誰も……」

言い訳をする子どものように、シマ子さんが微かに声を震わせた。陶子さんは、流しや冷蔵庫の中をざっと見てまわった。

「流しは乾いてるからしばらく使ってないんだろうし、冷蔵庫の中身も先週私が見たときとほとんど同じ。こんな天気の中、出かけていくなんて心配だわ」

陶子さんは、まるで頼りない子どもを気遣う母親のようにつぶやいた。

「買い物とか、行ったんでしょうか」

私が小さくシマ子さんに尋ねると、陶子さんは私のことをバカにするような目つきで見る。そして、何か言おうとしたのか口を開いたが、言葉を飲み込んだように黙って目を逸らせた。

「また、前と同じようなことにならなきゃいいけど」

そう言ってため息をついた。

「陶子ちゃん、どうする？　あの人ケータイは持ってないし、連絡のつけようがないよねえ」

「うん。ちょっと捜しに出てみようか」

「そうだねえ。こんな天気だし、心配だからね」

シマ子さんは陶子さんの顔を見上げた。

「私、先週仕事で大きな失敗やらかしちゃって、それでバタバタだったの。麻美ちゃんの命日も忘れてたわけじゃないんだけど、清司に連絡入れるべきだったわ。それにしても、いったいどうしてお地蔵様はそんなことになっちゃったの？」

「住職さんもわからないって。誰かがわざとやったに違いないっていうんだけど、何しろ普段は人のいないところだから……」

「よりによって命日にそんなことになるなんて」

たまらない、という風に首を振った陶子さんに追い討ちをかけるようにシマ子さんは言う。

「お位牌持ってどこかに行っちゃうなんて、まさか、早まった考え起こしてないよね」

「やだ、やめてよ」

二人は不安げに顔を見合わせる。

「とにかく、そのあたりを見に行ってみようよ」

陶子さんは手に持っていた車のキーをじゃらじゃらと鳴らした。二人に続いて、私も清司さんの部屋をあとにした。線香はすでに燃え尽きていた。


陶子さんの車に乗って、清司さんが行きそうな場所を見て歩いた。よく訪れる喫茶店、勤め先の公民館、ときどき散歩するという小さな公園。もちろん、海の家があった海岸にも行ってみたが、清司さんの姿はどこにもなかった。しかし、この風雨の中、たった三人で捜して見つかるとしたら、かなり運がよくなくてはならない気がした。陶子さんもシマ子さんも、それをわかっていながら、他にどうしようもないから……と、あちこち思いつく場所に向けて車を走らせているように見えた。

「あとはどこ？　おばさん、どこか思いつかない？」

「そうだねえ、あたしにはよくわからないよ」

ため息をつく二人に向かって、私は小さな声で言ってみた。

「あのう、まさかとは思うんですけど、あのお地蔵様のある墓地ってことはないですか？」

「えっ、うちのお墓のところ？　いやあ……こんな嵐の中をかい？」

助手席のシマ子さんが、後部座席の私を振り返る。

「お地蔵様のことをもう一度確かめに行ったのかな、なんて……」

黙って前を見ている陶子さんの存在に気圧されて、声がだんだんとしぼんでしまう。

「陶子ちゃん、どうする？　行ってみるかい？」

陶子さんは大きくため息をついてから「わかった」と言って、右折車線に車を移した。

三人は黙り込んだままだった。規則正しく動くワイパーの、キュッ、シューン、キュッ、シューンという音がやけに大きく感じられる。日が暮れ始め、風雨のために視界の悪い中を、陶子さんの運転するミニバンは墓地を目指して走った。

お地蔵様のところへ続く階段の上り口に着くと、その脇にある空き地に駐車した。

「私が見てくるから、ここで待ってて」

陶子さんは、ウインドブレーカーに袖を通しながら言う。私は慌てて「私も行きます」と叫んだ。

「私ひとりで大丈夫よ」

「いや、陶子ちゃん、こんな天気だもの、ひとりじゃ危ないよ。紗希ちゃんと一緒にお行きよ」

シマ子さんに言われて、陶子さんは私をチラリと振り返った。

「紗希ちゃんも気をつけて。ほら、これ懐中電灯だから、持ってお行き」

陶子さんはそれであきらめたのか、それ以上自分ひとりで行くとは言わなかった。そして、ポケットから自分の携帯電話を取り出すと、それをシマ子さんに渡した。

「何かあったら、この子のケータイで連絡するから。おばさんも何かあったら電話して」

そして、私の携帯電話の番号を陶子さんの電話に登録して、かけ方を伝えてから、私たち二人は車を降りた。

あたりがだいぶ暗くなってきた。足下がかろうじて見えるくらいだ。陶子さんが自分の懐中電灯を点けたのを見て、私も同じようにした。右手に持った傘が強い風に煽られるたび、私は手と自分の顎で飛ばされないように押さえつけながら、ゆっくりと階段を上っていった。陶子さんは私を気遣ってくれているのか、ときどき振り返りながら先を歩いていく。

私はさっきから尋ねたくて仕方なかったことをついに口にした。

「あのう、前にも清司さんっていなくなったりしたんですか？」

陶子さんは足を止めて私を振り返った。

「なんで？」

「いえ、あの……、さっき部屋にいたときに、『前と同じようなことにならなきゃいいけど』って言ってましたよね」

勇気を振り絞って尋ねたのに、陶子さんは何も答えず私に背を向けて歩き始める。小さなため息を漏らしてから、私は遅れまいとあとを追った。

十段ほど上ったとき、陶子さんが突然振り返った。

「あなた、いずれは東京に戻るんでしょう。だったら、中途半端に余計なことに首を突っ込まないでくれる？」

思わず足がすくんだ。陶子さんはまたくるりと前を向くと歩き出した。私はどうしたらいいのかわからなくなったが、自分の意思とは無関係に足が動き出した。

陶子さんは前を向きながら叫ぶように言った。強い風雨のためにその声はとても聞きとりにくかったので、私は必死であとをついていった。

「何も知らないくせに、なんの責任も持てないくせに、清司の周りをうろうろされるのは迷惑なのよ。大学生だかなんだか知らないけど、学校休んでのんびり遊んで暮らしてるようないいご身分の人に、知ったような顔されると腹立たしいのよ」

他人からこんな言い方をされたことはなかった。自尊心が縮こまって、身体の奥でぷるぷると震えているような気がした。それでも私は必死で言い返した。

「別に遊んでるわけじゃありません。ちゃんと民宿でだって……」

「仕事してるっていいたいの？　責任もない、生活もかかってない。それでよく堂々と『仕事してます』なんて言えるわね」

涙が浮かんできた。陶子さんが私のことを嫌いなのはわかっている。でも、だからといってこんな風に罵倒する権利はないと思った。

陶子さんは私への怒りがパワーとなっているのか、階段を上る歩調がどんどん速くなる。いやだった。こんな風に言われながら、飛ばされそうな傘を必死に抱えて、ほとんど全身雨に濡れながら歩いているのが。それなのに、私は陶子さんのあとを追い続けた。

ようやく階段を上り終えた。陶子さんと私は、走るようにお地蔵様の方へ向かう。シマ子さんのご主人のお墓を過ぎると、やがて青いビニールを巻きつけられたお地蔵様らしきものが見えてきた。強い風が吹きつけ、ビニールがバタバタと風に煽られている。私たちはあたりを見回したが、清司さんの姿はなかった。

陶子さんは、キョロキョロしながら突っ立っている私の肩をいきなりつかんだかと思うと、つっけんどんに叫んだ。

「ちょっと、車に戻るわよ」

私が彼女の顔を見ると、視線を合わせるのも嫌だというようにくるりと向きを変えて歩きはじめる。

私は清司さんが見つからないことと、陶子さんのいわれのない冷たい態度に、泣きたいような気持ちになった。いったい自分は何のためにここに来たのだ。陶子さんはずんずんと歩いていく。一瞬、このまま彼女に背を向けて反対方向へ歩いていき、自分も消えてしまおうかと考えた。

小高い丘の斜面には、雨を叩きつけながら強風が吹き上がってくる。着ているジャンパーの裾は下方から煽られて、ジーンズもびっしょり濡れている。ほとんど役にたっていない傘が、バタバタと音をたてて、まるで海中を泳ぐエイのようにはためいた。

「何やってるのよ！」

陶子さんが苛立たしげに叫ぶ声が、雨と風の音の間をぬって私の耳に届いた。

シマ子さんは心配していることだろう。「紗希ちゃん」と呼ぶ声が耳の奥に聞こえる。そのとたん、ピンと張り詰めていた何かがぷつんと切れたように急に気が緩み、目の奥から熱いものが込み上げてきた。

私は、何かに敗北したような気持ちで歩き始めた。階段のところまで行くと、ずいぶんと下の方に陶子さんの水色の傘が見えた。


結局私たちはずぶ濡れになっただけで、再び車に乗り込んだ。シマ子さんの家に帰るまで、三人とも無言のままワイパーの音に耳を傾けていた。

清司さんのアパートの向かいにある空き地の手前で、ポケットに入れておいた携帯電話が振動するのに気づいた。慌ててジャンパーのファスナーを下ろし、中に着ていたパーカーのポケットの中に手を入れる。画面を見ると海人からの電話だった。

「いったい何？　どうしたのよ？」

噛み付くように問いかけた私に海人は驚いたように答える。

「なんだよ。どうかしたのか？」

「え？　ううん、なんでもないけど……」

陶子さんの車が停まったので、私は降りながら話を続けた。

「昨日の数学の宿題さあ、すんげえよ。紗希にみてもらったやつ、全部あってたぜ！」

のんきな海人の声を聞いて拍子抜けする。

「紗希って、天才だな」

シマ子さんが「先に入ってるよ」と言うので、私は電話を耳に当てたまますうなずいた。

「そんでさあ、英語もさあ……」

「ねえ、悪いけどあとにしてくれる？　今、出先だから」

「出先？　こんな天気ん中どこ行ってるんだよ」

「え……と、シマ子さんの家」

「ばあちゃんところ？　なんで？」

「べつに……。遊びにきたの」

「嵐の中かよ」

「今日は民宿が暇だからよ」

海人はそれでも、どうしたんだとしつこい。風は先ほどよりわずかばかり収まってきているが、雨は相変わらず大粒で音をたてて降り続いていた。その雨音のせいで海人の声が聞きづらい。電話をあてている方と反対側の耳を押さえようとして、首を傾げたときに、ふと清司さんのアパートの部屋が目に入った。

「あれ？」

階段側から二番目の部屋の中で、一瞬だけぼうっと何かが光った気がしたのだ。電話の向こうでは海人が何か言っていたが、私は一方的に「ごめん、またあとでね」と言って電話を切り、そのままアパートの方へ走った。

階段を上り、清司さんの部屋のドアの前に立った。ドアノブをおそるおそる握り、ゆっくりと回してみる。鍵はかかっていなかった。さっき、シマ子さんたちと訪ねたあと、鍵はかけたはずだった。心臓がトクントクンと鳴り始めた。

ゆっくりとドアを引いて開けると玄関に入った。部屋の中は真っ暗で何も見えない。「ごめんください」と言おうと思ったのに、口の中が乾いてはりついたようになって声が出なかった。

そのとたん、ドアが突風に煽られてバタンと閉まった。その音にぎくりとして、右足を前に踏み出したとき、足に何かが触れた。

「ひっ！」

ほとんど声にならない叫び声を上げたが、何も動く気配はない。小刻みに震える手で電気のスイッチを探った。

電気がついたとき、私は玄関を上がったところに倒れている清司さんを見つけた。靴を履いたままの足は玄関に投げ出され、びしょ濡れの薄手のジャンパーを羽織った身体が床に横たわっている。ずぶ濡れの前髪が顔にはりついていた。

「清司さん」

小声で呼んでみたが、彼は目を閉じたままだ。私はゆっくりと屈んで、清司さんの肩に手を伸ばした。

「清司さん。大丈夫ですか？」

肩を小さく揺すりながら何度か声をかけると、ゆっくりと目を開けた。

「どうしたんですか？　大丈夫？」

彼はだんだんと焦点が合ってきたというような顔をして、私を見つめた。

「……紗希ちゃん？」

私が上からのぞき込んでいるのに、起き上がろうともしない。自分がどこにいて、どうなっているのかもわからないように見えた。

「こんなにびしょびしょになって。心配して捜したんですよ」

「え……？　ああ、そう、雨がひどかった」

清司さんは目を閉じて、大きく息をついた。それから再び静かに目を開けると、もう一度目覚めたように同じことを言った。

「あ……、紗希ちゃん？」

この人はちゃんと目が見えているのだろうか。清司さんの手に触れようと手を伸ばしたとき、彼が娘さんの位牌を握っているのに気づいた。そっと触れた手はドキリとするほど冷たかった。私の体温が伝わりますように、と心の中で思いながら、冷えた手の甲に自分の手のひらを重ねた。

しばらくして、清司さんは私が触れている方と反対の手をゆっくり動かすと、私の手首をそっとつかんだ。彼の瞳は私の方を見ているが、しっかりと私の姿を捉えているのかどうかわからなかった。

「あちこち捜したんです。清司さん、もう何日もいなかったでしょ。シマ子さんとずっと心配してて……」

清司さんの瞳が、ゆらゆらと揺れているように見える。

「でも見つからなくて、どうしようもなくて。陶子さんも来て……」

私の手首をつかんでいた手がふっと緩んだ。

「陶子？　ああ……陶子もいるの？」

陶子さんの名前に反応した。私は清司さんの手から自分の手を離した。身体のどこかに風穴が開いて、そこから全身に冷たい風が吹き込んでくるような感じがした。

「呼んできましょうか？」

しばらくしてそう尋ねると、清司さんはゆっくりと目を閉じて答えた。

「うん」

私は立ち上がり、玄関のドアを開けた。冷たい風が吹き込んできて、私が着ているジャンパーの裾がひらひらと踊る。ドアを閉める前に、もう一度ゆっくりと振り返ると、清司さんは目を閉じて横たわったままだった。

「待っててくださいね」

小声でそう言って、静かにドアを閉めた。それから携帯電話を取り出して、さっき登録した陶子さんの電話番号に発信した。

翌朝は、前日の嵐が嘘だったかのように晴れ上がった。雨と風で洗い流された空気は澄み渡り、山々は青空を背景にくっきりと浮かび上がった。

商店の開く時間に合わせて買い物に出るというシマ子さんに、民宿まで送ってもらった。

「もう少しゆっくりしていけばいいのに」

シマ子さんはそう言ったが、私は早く帰りたかった。民宿に戻り、普段通りに掃除をして、ムサに餌をやる。そうやって、いつもの自分の生活に戻りたかったのだ。

昨夜、陶子さんは私を外廊下に残したまま清司さんの部屋に入っていった。私の顔にチラリと視線を走らせ微かにうなずくと、無言のまま私の鼻先でドアをパタンと閉めた。道路から部屋の明かりを見上げると、言いようのない寂しさと疲労感に包まれた。

その晩シマ子さんから、清司さんと陶子さんのことを少し聞いた。

高校卒業後にこの町を去った陶子さんが、十年ほど経って突然、二人の幼い子どもを連れて実家に戻ってきた。父親の姿がなかったことであれこれと噂された彼女は、口にはしなかったがつらい思いをすることも多かったそうだ。同年代の人とうまく付き合えなかった陶子さんは、彼女のお母さんと昔からの知り合いだったシマ子さんには心を開き、以来親しくしているという。

その後、清司さんがこの町に移り住んできた。ひょんなことから知り合った二人は、人に言いたくない過去を持った者同士、何か惹かれあうものがあったんだろうね、とシマ子さんは言った。

「清司さんはナイフの刃の上を歩いているような人だって、陶子ちゃんは言うんだよ」

「ナイフの刃の上を？」

「いつ足を滑らせてもおかしくない、おまけにもしそうなれば自分自身を傷つけてしまう。そんな危うさがあるんだよ、あの人にはね」

どんな生き方も否定したくない、そう生きるにはそれなりのことがあったからだ、と言った清司さんは、自分が傷つくことにさえ無関心で、心の中が空っぽになってしまっているようにも思える。

「陶子ちゃんは、いつもあの人を支えようと必死だった。本当は自分だって寂しいし、誰かに甘えたいはずなのにね。清司さんもそれをわかってたから、そのことがかえってあの人を苦しめるんだよ。それでもあの二人は離れられない。俗に言う恋人同士とか、そんなんじゃなくて、なんて言うんだろうね。もっと深くて、つらくて、痛いような結びつきに思えるよ」

シマ子さんは大きく息をついた。

「何も知らないくせに、なんの責任も持てないくせに、清司の周りをうろうろされるのは迷惑なのよ」

陶子さんがそう言い放ったのも当然なのかもしれない。清司さんから話を聞いて、彼の心の内を理解したつもりになり、自分にも何かできるのではないかと思うなんて、私はいったい何様のつもりだったのだ。

私は必要とされていなかった。清司さんにも、もちろん陶子さんにも。彼ら二人の世界に、私の入り込む余地はなかったのだ。ならば、自分のいるべきところへ、私を必要として、待っていてくれる人のところへ帰ろう。

そう思ったときに、母のことが胸をよぎった。もしかしたら母は、家族の中にいてこんな風に感じたのかもしれない。

父も私もそれぞれ家の外で自分の世界を持ち、一日の生活のほとんどの時間をそこで費やしていた。悩みも喜びも外の世界に預けたまま、器としての身体だけが毎日戻ってくる。当たり障りのないことをいくつか話し、ササッと食事をとったらあとは自分の時間。そういえば、大学に入ってから、私は母自身の話に耳を傾けたことなどあっただろうか。

「はい、到着。紗希ちゃん、また遊びにおいでね」

シマ子さんの声に我に返ると、ミニバンはすでに民宿の玄関前のスペースに横付けされていた。助手席のドアを開いたときに、玄関の中から道代さんが現れた。

「あ、紗希ちゃんお帰りなさい。よかったわあ、ちょっと手貸してくれる？　ひとりで困ってたところなのよー」

「紗希ちゃんも大変だねえ。帰ってきた早々呼びつけられちゃあ」

私はふふっ、と笑ってシマ子さんに頭を下げた。

走り去るミニバンを見送ってから、玄関の引き戸を開ける。猫のムサが飛び出してきて、私の足に絡み付いた。

「紗希ちゃーん、こっち、こっち。お風呂場に来てくれるー？」

道代さんが叫んでいる。

「はーい、今行きまーす」

足にじゃれつくムサを抱き上げると、私は小走りで風呂場に向かった。

第五章

そばにいる人

1

師走の声を聞くと、なんということはなしに慌ただしい気分になってくる。民宿の泊まり客は多くなかったが、年末年始の繁忙期に向けて、普段は手の回らないところまで掃除をしたり、消耗品を多めに手配したり、何かと用事がある。

海人が電話してきたのは、そんなときだった。

「紗希、あさって暇ある？」

日曜日か……と頭の中でその日の予定を確認する。

「わからないけど、年末前でなんだか忙しいんだよね」

渋ってみせたが、海人は「半日でもいいから、なんとかなんない？」としつこい。

「いったいどうしたの？」

「実はさあ……」と一呼吸おいてから、どことなく照れくさそうな声で続けた。

「前の高校で一緒だった友達が遊びに来るっていうんだ。アメフト部のヤツらでさ。うちの父ちゃんが腕をふるって刺身の船盛り作ってくれるっていうから、紗希も来られないかなって思ってさ」

「夕飯どきでしょ？　うーん」

民宿では一番忙しい時間帯だ。道代さんの骨折はほとんどよくなり、もう普段どおりに仕事ができるようにはなったが、やはり世話になっている以上、好き勝手に遊んではいられない。

玄関先で携帯電話を耳に当てたまま立っているところへ、道代さんが台所から顔を出した。私の顔をチラリと見てから「どうしたの？」と小声で尋ねた。

私が事情を話すと彼女はニタリと笑う。

「いいわよ、行ってあげなさい」

「でも……」

道代さんは私の右肩をポンポンと軽く叩いてからクスリと笑う。

「友達よりほんとは紗希ちゃんに一番来てほしいのよ、海人は。こっちは大丈夫だから、心配しなくていいわよ」

そう言うと、奥の部屋の方へ歩き始めた。

「すみません」

私は深々と頭を下げて後ろ姿を見送ると、電話に向かって答えた。

「いいよ、行けるよ」

海人の「よっしゃあ！」という声が聞こえた。


〈磯野屋〉という立派な毛筆の字の看板がかかった鮮魚店の裏手に、海人の家はあった。白い発泡スチロールがたくさん積み重ねてある狭い通路を抜けると玄関があった。引き戸の前には、こんがり焼けたトーストのような色をした犬が一匹、くりくりとした目を私に向けて座っていた。

呼び鈴を押すとすぐにバタバタという足音が響き、引き戸がガラリと開けられた。出て来たのは、小学生の男の子と女の子だった。男の子は海人によく似ていて、いかにもわんぱく坊主といった顔立ちだ。女の子は短いおかっぱ頭で、淡いピンクのモヘアで編んだセーターがよく似合っている。

「こんにちは、あの……」

私が言い終わらないうちに、男の子がくるりと向きを変えて家の中に走り出す。

「兄ちゃーん！　カノジョが来たよー！」

女の子は恥ずかしそうな笑みをたたえたまま、私を見つめている。

「潮理ちゃん？」

弟と妹がいるということは海人から聞いていたので、名前を言ってみると、女の子は「うん」と小さくうなずいた。

海人がドスドスと足音を立てて現れた。

「よう、紗希」

その後ろからお母さんらしき人が顔を出して頭を下げる。

「あら、紗希さんね？　いらっしゃい。海人がいつもお世話になってるようで」

私も「こちらこそ」と慌てて頭を下げた。すると続いてお父さんらしき人が現れた。

「いらっしゃい。どうぞ、どうぞ」

手招きして中へ入れと言ってくれる。その後ろからおばあさんもやってくる。

「まあまあ、いらっしゃい」

玄関は満員御礼になった。家族全員の出迎えを受けて、私は緊張して靴を脱いだ。

海人の家は古い和風の民家で、かなり広くて立派なものだった。広い廊下はピカピカに磨かれていて、どの部屋もすっきりと片付いている。一番奥の部屋のふすまを開けると、がやがやと聞こえていた話し声がぴたりと止まった。中を覗くと、三人の男子高校生の六つの瞳がそろってこちらを向いていた。

「あ……こんにちは」

私がぺこりと頭を下げると、三人そろって「こんちわーっす」と、海人と同じような挨拶をする。それから一斉に海人に視線を移した。

長方形の大きな和テーブルを五人で囲んで座った。奥の大きなガラス戸の向こうには、立派な松やサザンカが植えられた庭が見えている。私たちはまずお互いに自己紹介をした。

三人の中でひときわ背の高い岩下くんは、天然パーマのクルンとした髪をかき上げながらニッコリ笑った。

「あのう、ジュース飲みますか?」

そう言いながら、コップを手に取った。隣に座っているスポーツ刈りの男の子は福山くん。岩下くんの動きに反応したように、すかさずサイダーのペットボトルをつかんでフタを開ける。キリリとした眉の美少年で、体つきは海人より一回り大きくがっしりしている。

所在なげに俯いたり、庭に目をやったりしているのが原口くん。体重は百キロを超えているのだと他の三人に言われて赤くなっていた。

「でもなあ、原口はディフェンスの要だったからな。こいつの当たりはハンパないっすよ、マジで」

岩下くんの説明にはにかみながらもニッコリした顔が、とてもかわいらしかった。

場の空気にぎこちなさが残るうちに、海人のお母さんが小皿や箸などを運んできてくれた。思わず「あ、私も……」と立ち上がりかけると、「いいの、いいのよ。ゆっくりしてくださいな」と手で制された。お客さんに食事を運ぶのがすっかり板についてしまったせいか、逆の立場にどことなく不自然さを感じてしまう。

少ししてお父さんが運んできてくれたのは、木製の船にたんと盛られた刺身だった。

「おおーっ」と、一斉に感嘆のため息が混じった歓声があがる。

マグロ、イカ、タコ、ハマチなどが、ツマや海藻の上に美しく盛り付けられている。船の先端の方にはサザエもある。

続いておばあさんが、ダシ巻き玉子や根菜の煮物などを運んでくる。大きなテーブルが一気に華やかになった。


食事をしながら、四人の高校生はアメフトの話で盛り上がった。

「ハーフまでは互角だったんだよ。でも三クオーター始まってすぐ、いきなりロングパス決められて、あっという間にタッチダウンされてよ。あそこから流れが変わっちゃったんだなあ」

「こっちは、パス通んないし、ランでも抜けなくてなあ」

引退前の最後の試合を振り返りながら、三人が話した。海人は「へえ」とか「そっかあ」などと相槌を打ちながら、耳を傾けていた。

「そんでさあ、誰かアメフト続けるヤツいんのか?」

「ああ、高山がさ、大学でやるって話だよ」

「ふーん、そうか」

海人がそう答えてから庭に目をやったときに、三人が素早く視線を交わしたのに気づいた。海人に気を遣っているのだろう。

「福山たちは？」

「オレらは三人とも就職だ。原口なんか、親父さんの跡継ぎとして漁師になるんだってよ」

巨漢の原口くんが、はにかんだ笑顔になる。

「うわ！　船、沈みそうだなあ」

海人の言葉に全員が笑った。


四人は驚くほどよく食べ、よく飲んだ。女の子なら十人いても足りるだろうと思われるほどの料理は、完璧にたいらげられた。

「紗希にもらったデザート、持ってくるか」

海人が立ち上がり、部屋を出ていく。さりげなくそれを見送った三人は、お互いに顔を見合わせた。

「紗希さん、マジで海人とつき合ってるんすか？」

長身の岩下くんが、遠慮がちに聞いてきた。

「え……と、別につき合ってるとかそんなんじゃないと思うんだけど……」

海人のヤツ、私のことをこの人たちになんて話したんだろうか。

「そうなんすか？　だってアイツ、オレの紗希が、とか言ってたし」

うん、うん、とキリリ眉の福山くんがうなずく。

「何それ」

私は呆れたが、いかにも海人らしい話だ。得意げにそう話す様子が目に浮かぶ。

「なんだ、やっぱりアイツが勝手にそう思ってるだけか」

「海人らしいよな」

「うん、デレデレなのが見え見えだよな」

岩下くんと福山くんが、顔を見合わせて笑う。はにかみ屋の原口くんは、二人を交互に見つめてから私を見た。目が合うと恥ずかしそうに微笑んで下を向いた。

海人が私に好意を持ってくれていることは百も承知だった。ただ、あまりにもおおっぴらでストレートなので、逆にどこまで本気なのかわからなくなる。海人のことは嫌いではないし、好意も持っている。ただ、恋愛感情と呼べるものではないと思っていた。

「うぃーっす、お待たせー」

私が手土産として持参したリンゴが、ガラス製の大皿に載せられている。そのうちいくつかは、赤い皮がウサギの耳の形に切り残されていた。

「うわあ！　かわいい！」

私は思わず声をあげた。

「ちょっとシャレてみたぜ」

海人が得意そうに鼻をこする。

「え？　まさか海人がむいたわけじゃないよね？」

「オレだよ」

「ええーっ！　本当？」

私はリンゴのウサギと海人の顔を交互に見比べた。

「けっこう料理得意なんだ。天ぷらとか煮魚とか」

「はあ……」

唖然とする私に、福山くんが追い討ちをかける。

「紗希さんはどんな料理するんすか？」

「え……？　あ、私はあんまり……」

食事は母に作ってもらうのが当然の毎日だった。母が家を出たあとは父も留守がちで、ゆっくりと食卓を囲んだことはほとんどなかった。作った覚えのあるものは、カレーライスとか麻婆豆腐とか市販のルーやソースを使ったものばかりで、とても手料理なんて言えるものではない。

「ばあちゃんに、いろいろやらされんだよ。父ちゃんや母ちゃんは商売で忙しいんだから、お前が手伝ってやらにゃ、っつうわけでさ」

海人はリンゴを一つつまむと、シャキッと音を立ててかぶりついた。そこへ、先ほど玄関で私を迎えてくれた兄妹が廊下をバタバタと走ってやってきた。

「兄ちゃん、ぼくの自転車があ」

「なんだ、朝人。どうした?」

「なんか変なの。走らないんだ」

悲しそうな顔で訴える朝人くんの横で、妹の潮理ちゃんが同じような表情をして立っている。

「兄ちゃん、直して」

海人は「ったく」と呟きながらもひょいと立ち上がり、朝人くんの頭をポンと叩いた。

「ちょっとみてやってくるわ」

三人は部屋を出ていった。

そう言えば、いつか修介さんが海人のことを「家でもよく働くらしくてさ」「弟や妹の面倒みたり」と言っていたっけ。大好きだったはずのアメフトをあきらめて、家の手伝いをするために転校までして戻ってくるなんて、高校三年生にそんな決意ができるものなんだろうか。

「ねえ、海人が部活やめたときってどんな風だったの？」

三人は一斉に顔を見合わせた。

「やめたときは悲しかったって言ってたけど、なんだかあんまりあっさりしてたから。私がお世話になってる民宿で話を聞いたんだけど、けっこうすごい選手だったんでしょう？」

「そりゃあ、もう……」

キリリ眉の福山くんが大きくうなずく。

「あのまま続けてれば、大学で活躍するとか、実業団に引っ張られるとか、そうなったと思います」

「みんなはもちろん止めたんでしょ？」

三人はまた顔を見合わせてから黙り込んだ。

「そんなにすごい選手だったんだもの、チームに残ってほしかったんでしょ？」

それに答えたのは、さっきからほとんどしゃべらなかった原口くんだった。

「オレらが引き止めて、それでどうにかなるくらいなら、海人はアメフトやめるなんて言わないっすよ」

太くてやさしい響きの声だった。他の二人は黙って小さくうなずいた。

「海人は東京の大学でアメフトやりたがってた。だから、ちゃんと推薦もらえるように、勉強とかも真面目にやってたんすよ。普段はふざけたことばっかり言ってるけど、意外と堅いっていうか、マジなんです、いつも」

岩下くんが心持ちしんみりと話した。海人はいつもゲラゲラと笑い、冗談ばかり言っている印象が強いけれど、そう言われてみると、私自身もどこかでそういうところがあると感じていたような気がする。

「転校するってみんなに宣言した日に、みんなの前では『わりーなー』なんてふざけてたくせに、アイツ、部室で泣いてたんすよ。オレと岩下が偶然見ちゃったこと、本人は知らないけど」

福山くんの言葉を最後に、私たち四人は黙って座っていた。

以前、清司さんが「麻美のことは、自分ひとりで抱えていく。誰とも共有できないし、しようとも思わない」と言っていた。海人が自分の夢をあきらめて転校することを決めたときも、きっと自分ひとりでさまざまな思いを抱えていたに違いない。寂しさとか、悔しさとか。それは簡単に誰かに預けたり共有したりできるものではないのだろう。

海人が泣いていた……。意外ではあったが案外彼らしい気もする。不器用で一直線、強がって見せるくせにお人よしなんだろうな、と思う。

「今の話、アイツには絶対秘密っすよ。そうじゃなくても、カッコつけたがりなんすから」

「わかってます」

私は小さくVサインを見せて笑った。

食事のあと、五人で人生ゲームをした。はにかみ屋の原口くんが億万長者となり、断トツで一番になった。最下位は海人で、借金を抱えたままゴールした。

「あくまでもゲーム、ゲーム！」

海人は開き直り、「これって人生の縮図だよなあ」と深いため息をついた岩下くんの頭を「うっせーんだよ」と小突いていた。

最終バスに乗って帰るという三人をバス停まで送った。一番後ろの座席に並んで座り、いつまでも笑顔で手を振る彼らに私たちも手を振って応えた。

バスが見えなくなると、海人はゆっくりと深呼吸してから両腕を上げて伸びをした。

「みんな、いい人だね」

私が顔を見上げるとうなずく。

「やっぱ、仲間はいーな」

そう言って歩き出す。私も一歩後ろをついて歩いた。

「アイツらは特別なんだ。クラスの友達とか、家族とかとも違う。ホント、アイツらはアイツらなんだ」

振り返った海人の顔を月明かりが照らす。

「わかるよ。うん……わかると思う」

私がそう言うと嬉しそうに笑った。

2

昨日までは、十二月にしては暖かい日が続いていたのに、今日は寒気が南下したとかで、急に気温が低くなった。年の瀬が近づいてきているのを感じる。テレビでは、年賀状の受付が始まったと放送していた。

夕食の片付けの最中に鳴った電話に出ると、父からだった。

「紗希、どうしてる？　元気かい？」

退院した当時は、暇をみては電話をかけていたが、元気になったらしいことに安心したのと、自分の忙しさにかまけてしばらく連絡を取らずにいた。

「うん。お父さんこそ具合はどう？　声は元気そうだけど」

「ああ、あれ以来食事も気をつけてるし、なんだかこう、身体の中からぐんぐん力が湧いてくるように調子がいいよ」

「へえ、すごいじゃない」

話を聞くと、一日一度はご飯を炊き、夕食も一品はおかずを自分で作るようにしているらしい。

「パソコンで調べるといろいろなメニューがあって、簡単に作れる料理もけっこうあるんだよ。今度紗希が帰ってきたら、お父さんの手料理をご馳走してやれそうだぞ」

父は自分で自分の生き方を模索し、少しずつ歩むべき道を見つけ始めたようだ。そんな父が頼もしく感じられ、自分も負けてはいられないという気になってくる。

「ねえ、例のあのママさんはどうしてるの？　まだお店には行ったりしてる？」

「よくそんな話覚えてたなあ」

「当然だよ！　だって、お父さんの苦しい気持ちを救ってくれた人でしょ。私、絶対に会ってみたい」

「それはいいけど、紗希はこっちに帰ってこられるのかい？　年末は忙しいんだろう」

私たちは相談して、一月中には一度東京に帰ることに決めた。

「じゃあ、あちらにもそう話しておくよ」

それからお互いに「よいお年を」と言い合って電話を切った。

本当におかしなものだ。一緒に暮らしていたときには、ちっともこんな風に話をしたことなどなかったのに、こうやって離れ離れになると、「ありがとう」や「うれしい」という言葉が抵抗なく出てくるようになった。

今度家に帰ったら、父に何か料理を習ってみようかと考えた。


クリスマス・イブの夜に海人が民宿にやってくるという。

「その日は予約で満室だから忙しいの」

「オレ、手伝うからさ。仕事終わったら一緒にクリスマスケーキ食べようぜ」

海人は修介さんと道代さんにも根回ししておいたらしく、「いいわよ、四人でケーキ食べましょうよ」と道代さんに肩をポンと叩かれた。

シャンパンで乾杯しようと考えた私は、昼間のうちにスーパーマーケットまで買い出しに行った。正面の駐車場は買い物に来た人の車でいっぱいだ。店頭には大きなクリスマスツリーが飾られて、店内からはクリスマスソングが聞こえていた。

入り口に向かって歩いているときに、ふと、見覚えのあるミニバンが目に留まった。車体は濃いグレーで、ラジオのアンテナの先端にピンク色の飾りがついている。目を凝らして見ると、運転席は空だったが助手席に誰か乗っている。陶子さんには会いたくなかったが、私は吸い寄せられるように車に近づいていった。

助手席には清司さんが目を閉じて座っていた。窓ガラスに頭をもたせかけた色白の額を、冬の陽が窓越しにやわらかく照らしている。車から少し離れたところで私は立ち止まった。

清司さんとは嵐の夜以来会っていなかった。シマ子さんから、具合が悪くて少しの間入院し、その後も病院に通っていると聞いていた。何の病気かは教えてもらえなかった。

陶子さんの車の助手席で目を閉じている彼を、私は黙って見つめていた。すると、清司さんが突然目を開けた。ゆっくりとこちらに顔を向け、私と視線が合う。一瞬、わずかに眉を寄せ、それから私に気づいたようで、口が「あっ」と言ったように動いた。私は口元で微笑んで軽く頭を下げた。

清司さんはゆっくりと車を降りて、私の方へ歩いてきた。

「紗希ちゃん、久しぶり」

「お久しぶりです。清司さん、具合いかがですか？」

清司さんは私の質問が聞こえなかったように、それには答えなかった。

「寒いけどいい天気だね。こんな日に、あの海岸から海を見たらきれいだろうなあ」

そう言って空を仰いだ。すっと伸びた首の白さにドキリとする。

「民宿は忙しいの？　何か買い物でも頼まれたのかな」

「あ……いえ、そうじゃないんですけど。今夜クリスマスパーティーをすることになってるので、シャンパンを買いに……」

「へえ、パーティーかあ」

清司さんの瞳が一瞬明るくなる。

「よかったら清司さんもどうぞ。夜遅くなるかもしれませんけど」

半分は社交辞令で、しかし半分はわずかな期待を込めて。現実にならないことはわかっていたけれど……。

清司さんは小首を傾げて考えるような顔をしてから答えた。

「楽しそうだけど、ぼくは行けないよ。麻美をひとり置いていったらかわいそうだから」

「え？」

明るい日差しの中で、清司さんは穏やかに微笑んでいた。

「今もひとりで待ってるんだ。早く戻ってやらないといけないのに」

そう言うと、スーパーの入り口の方に目を向けた。私はその横顔を見つめた。

麻美ちゃんがひとりで待っている？　いや、本当にそう思っているわけではなく、我が子を思う父親の気持ちなのだろう。麻美ちゃんだって生きていれば、他の子どもたちと同じように、お父さん、お母さんと一緒にクリスマスケーキを食べるのだろう。そして夜中にこっそり枕元に置かれたプレゼントを翌朝見つけて大喜びするはずだったのだろうか。どことなくのんびりした表情をしている横顔が物悲しかった。

「あ、やっと戻ってきた」

清司さんの声にスーパーの方へ目を向けると、両手に白いビニール袋を提げた陶子さんが歩いてくるのが見えた。彼女が私に気づいたようなので、私も軽く頭を下げて挨拶する。

「買い物？」

相変わらずぶっきらぼうに、それでも珍しく陶子さんの方から声をかけてきた。

「はい」

「紗希ちゃんはね、今日、クリスマスパーティーをするんだって」

陶子さんは、一度清司さんのことをチラリと見てから私に視線を戻し「そう」とだけ言った。それから二つのビニール袋を片方の手に持つと、空いた方の手で車のキーをポケットから取り出して言った。

「清司、帰ろう」

陶子さんはそれきり私に目を向けなかった。私はなんとなく一歩下がって、二人が車に乗り込むのを見送った。陶子さんがエンジンをかけたとき、清司さんが車のウインドウを開けた。

「紗希ちゃん、メリークリスマス」

私に言葉を返す時間を与えないままに車は走り去った。清司さんが後ろを向いて手を振ってくれたのがチラリと見えた。


その夜、修介さん、道代さん、そして海人と四人そろってのクリスマスパーティーは大いに盛り上がった。私が用意したシャンパンの栓を抜き、グラスを満たす。高校生の海人は悔しそうな顔をしていたが、一センチくらいついでもらったシャンパンを飲むと、それだけでほんのり頬が染まっていた。

「今年は、紗希ちゃんがいてくれたお陰でずいぶん助かったし、いい年の瀬を迎えられそうだなあ」

修介さんが自分のグラスにビールを注ぎながら道代さんを見る。

「ほんとにそうね。私の骨折のせいで迷惑かけちゃったのは申し訳なかったけど」

「でも、私、本当に楽しかったし、いい経験をたくさんさせてもらいました」

心の底からそう思っていた。

「私も紗希ちゃんがいて楽しかったわ。でも、一番うれしかったのは、……ねえ」

道代さんは海人の顔を見て、にやっと笑う。ほんのり赤い海人の顔が、とろんととろけたような笑顔になる。

「オレっすか？ まあ、ね。はい」

「よっ、しっかりしろよ」

修介さんが腕を伸ばして海人の背中をバシンとたたくと、道代さんが楽しそうにケラケラと笑った。

おしゃべりは尽きなかった。いろいろなお客さんの話や、笑い話のような出来事。海人の学校の話や、家族の話。海人の家は六人家族なので、人数が多いとそれだけたくさんの出来事がある。両親と自分のたった三人しかいない家庭で育った私には、うらやましいほど楽しそうに思えた。

「兄さんも呼んでやればよかったのにな」

修介さんがふと思い出したようにつぶやいた。

「そうだわね。こっちはこんなににぎやかなのに、史郎さん、ひとりで寂しい思いしてるかもしれないわよねえ」

海人が私たち三人の顔を交互に見比べる。「うちの父親」と言うと「ああ」と納得した顔になった。

「年末は父もなんだかんだと忙しいそうです。そのかわり、年が明けて落ち着いたら私が一度帰るから、って約束してあるんです」

「そうかあ。それじゃ、兄さんも嬉しいだろうな」

修介さんが「よかった、よかった」とにこにこして首を振る。誰かがどこかで自分のことを心配してくれていることを父は知らないかもしれない。でも、そういう気持ちって、どうやってかはわからないが本人に伝わるのではないかと思えた。テレパシーとか、祈りとかいうと嘘っぽいけれど、何か説明がつかない神秘的なパワーで、人の思いは当人に届くような気がした。

修介さんはよほど楽しかったのか、ひとりでビールを何本も空け、仕舞いにはこたつに足を突っ込んだまま居眠りを始めてしまった。それを見た道代さんは、「一番最後に片付けるから」と呆れ顔で笑い、残りの片付け物も引き受けてくれた。

私は海人を見送るために一緒に玄関を出た。自転車を押す海人の横に並んで、自然と歩き出した。見上げると、冬の星座のオリオンが山の天辺あたりで輝いている。夏に父と星空を見上げたことや、そのとき清司さんのことを考えた自分を思い出す。彼は今ごろ何をしているだろう。麻美ちゃんのことを思いながら、陶子さんとこのクリスマスの夜を過ごしているのだろうか。清司さんの心は、彼自身がそう言っていたように、いつも同じことを考え、ちっとも前に進めないのだろう。陶子さんはご主人を失い、道代さんは子どもを持てず、そして海人はアメフトをあきらめた。それでもみんなその悲しみを自分の中に押し込んで、心の中に抱えながらも前へ進んでいるのに。でも、清司さんにはそれができないのだろう。

「紗希の母ちゃんは、どこでクリスマスを過ごしてるんだろうな」

海人がぽつりと言うので、驚いて彼の顔を見た。

「あ……悪い。変なこと言ったよなあ」

自転車を押しながら心持ち下を向いて、さらに続けた。

「さっきさ、紗希の父ちゃんの話は出たのにさ、誰も母ちゃんの話をしなかったから。なんかちょっとかわいそうっていうか、どうなのかなって思ってさ」

私が思わず立ち止まると、海人もそれに合わせて歩くのをやめた。

「そんな風に思ってくれてありがと」

私が微笑むと、海人は照れくさそうに笑った。

「紗希はどう思うかわかんねえけど、やっぱり誰かと一緒にクリスマスを楽しんでるといいと思う」

そう言うと「寒いからもう帰れよ」と海人は自転車にまたがった。

「んじゃ、な」

右手を顔の横まで上げて、片足をペダルにかける。

「私もそう思う。それと、海人と一緒のクリスマスもなかなかよかったよ」

海人は振り返らずにペダルをこぎだした。そして、数メートル進んだところで向こうを向いたまま大きく手を上げた。

「おやすみー」

私が海人の背中に向かって叫ぶと、チリチリンと自転車のベルが鳴った。

3

正月用の餅を電動餅つき機でついたから届けてほしい、と道代さんに言われて、久しぶりにシマ子さんの家を訪ねた。大晦日の前日だった。

シマ子さんの家は普段からきちんと整頓され、ゴミが散らかっているようなこともないのだが、この日はいつも以上にこざっぱりと片付けられていた。庭木はすべて、床屋に行ったあとの子どもの頭のように切りそろえられ、枯れ葉一枚落ちていない。玄関には正月飾りが下げられている。

玄関の引き戸をガラリと開けながら「こんにちはー」と声をかけると、台所の方からシマ子さんの声が聞こえてきた。

「紗希ちゃんかい？　お入りよ」

家の中には、何か甘い匂いが漂っている。

「何作ってるんですか？」

「黒豆を煮てるんだよ。ゆうべから浸しておいた豆をね、さっき火にかけたところさ」

正月に向けてのおせち料理の準備らしい。居間を覗くと、大きな鏡餅が目に入った。

「あのね紗希ちゃん、ちょっと留守番頼んでもいいかい？」

シマ子さんが、ジャンパーに袖を通しながら現れた。

「買い物ですか？」

「うん。紅白なますを作ろうと思ったのに、酢が足りなそうなんだよ。それに、知り合いに届けものがあってね」

シマ子さんは、車のキーをポケットの中で探りながら出ていった。部屋には、私とネコのミイちゃんが残された。庭に面したガラス戸を開けると、ミイちゃんが勢いよく飛び出していく。私もつられるように、縁側の下にあったサンダルをつっかけて庭に出た。

夏にヒマワリが咲いていたところに葉ボタンが植えられている。そういえば、母も年末になると庭に葉ボタンを植えていた。子ども心に、どうせならピンクやオレンジみたいにきれいな色をした花を植えればいいのに、と思った記憶がある。薄黄色や渋い紫色をした葉ボタンは気に入らなかった。

しかし、母は「お母さんが子どものころ、おばあちゃんがお正月前には毎年植えてたのよ」と話していた。母方の祖母は母が中学一年生のときに、病気で亡くなっている。母の胸の中には、自分の母親との懐かしい思い出としていつまでも残っていたのだろう。

私も大人になって、葉ボタンを庭に植えるのだろうか。私のもとを去っていった母のことを思いながら……。

庭の真ん中に突っ立ってそんなことを考えていると、玄関の方で声が聞こえた。

「こんにちはー。おばさん、いないのー?」

はっとして私は声のする方に顔を向けた。少しして現れたのは陶子さんだった。

「あら」と私に気づいた彼女は「おばさん留守なの?」と言って立ち止まった。

「知り合いにお届けものと、買い物だそうです。今さっき車で……」

「そっか……」

陶子さんは手にしていた車のキーを人差し指に引っかけて、二、三回くるくると回してから私を見た。

「ちょっと、いい?」

私は面食らった。

陶子さんは縁側に腰を下ろすと、ふう、と大きく息をついた。私が所在なく立っていると、「座ったら?」と小首を傾げるようにしてこちらを見る。

「あ……はい」

私は少し離れて同じように腰掛けた。庭ではミイちゃんが、あちこちのにおいを嗅ぎながら植木の間を走り回っている。

「この前、あのスーパーで会った日、清司と何話したの?」

陶子さんは無表情で尋ねてきた。

「別にこれということは話してないんですけど、買い物に来たのか、と聞かれたので、クリスマスパーティー用のシャンパンを買いにきた、と答えました」

「それで?」

「あの……清司さんもよかったらどうぞ、って言いました。具合悪いって聞いてたので、無理だろうとは思ったけど……」

私は陶子さんの顔色をうかがいつつ、しどろもどろに返事をした。

「清司はなんて?」

陶子さんが私の顔を見た。なぜか悲しそうな目をしている。

「行けない、って。麻美ちゃんをひとりにはしておけないからって、言われました」

陶子さんは黙って庭に視線を移した。ストレートの髪をいつも通りに後ろでひとつに結っている。首筋がほっそりとしていて、どことなくはかなげな印象だった。

「変だと思うでしょ」

「え?」

「おかしいって感じなかった?」

陶子さんは庭の葉ボタンの方をまっすぐ見ている。

「病気なのよ、清司は。いわゆる心の病……ね」

「心の?」

とてもよくないことが起きる前のような、妙なざわつきが胸の中に広がる。

「お地蔵さんが壊されたでしょ。あれが引き金になって、心のバランスが崩れちゃったのよ」

陶子さんは淡々と続けた。

「娘さんの事故の話は知ってる?」

「はい。前に清司さんから聞きました。自分が手を離さなければ、あんなことにはならなかった、って」

清司さんの部屋で話を聞いたころ、私は彼に惹かれていた。温かい言葉にいつも心が慰められて、一緒にいると優しく包んでくれるように思えたのだ。自分よりすごく大人なのに、みずみずしい純粋さも併せ持っている人だった。

「清司はね、あのときで止まったままなの。今ここにいても、あの人は過去の時間の中を生きてる。心の目はいつだって麻美ちゃんの背中を追いかけてる。抜け出せないのよ、自分がとうに失ってしまった世界から」

それから私の方へ顔を向け「わかる？」と言った。ああ、そういうことだったんだ、と思った。隣にいても、いつも清司さんをどこか遠くに感じ、私の目を見て微笑んでくれていても、彼の瞳には私の姿は映っていないんじゃないかと感じていた。彼の思いは常に過去の記憶の中にとらわれ、閉めきった部屋の窓ガラス越しに外の世界を見ていたのだ。

「どうしてなんですか。みんないろいろあったって、どこかでそれを切り捨てたり、乗り越えたりしていくのに」

そう、海人だって、父だって、私だって。それに陶子さんだって、ひとりで子どもを育てているのに。

「きっとあんまりにも純粋でやさしすぎるのよ。やさしさと弱さはたいてい一緒にあるものだから。清司には、麻美ちゃんの死を乗り越えていく力がないんだわ。乗り越える前に、しっかり向かい合って受け止めることさえできないのかも……」

陶子さんは立ち上がった。ネコのミイちゃんが戻ってきて、私の足に頭を擦り付ける。

「あの……」

思わず引き止めるように言いかけた。

「陶子さんは、清司さんのことを……」

そこで言葉に詰まる。陶子さんは口元に微笑をたたえて言った。

「好きなのか、って？　そういうことって、正面きって人に聞くもんじゃないわよ。それに人の気持ちって、好きとか嫌いとか、そんな単純な言葉で言い表せないもんでしょ」

「すみません」

それだけ言うのが精一杯だった。

「さてと。おばさん帰ってこないから、またにするわ。よろしく言っといて」

陶子さんは玄関の方へ歩きだした。その背中がなぜか小さく見える。すると急に振り返った。

「あなたのとこも、いろいろ大変だったんだってね。でも、親子なんていずれは離れていくものよ。親の事情なんかに振り回されて自分の道を見失わないことね。余計なことかもしれないけど」

それだけ言うと、再び向きを変えて歩きはじめた。

「じゃあね」

陶子さんは車のキーを持つ手を小さく上げた。


大晦日の夕方は満室のお客さんを迎えてバタバタと忙しかった。年越し用の特別メニューを用意するため、修介さんは普段と顔つきまで変えて頑張っている。道代さんも何かとせわしく、廊下を行ったり来たりしていた。

私は正月ののし餅を食べやすいサイズに切り揃え、保存容器の中に並べていく作業をしていた。慌ただしい中にも、うきうきと心躍る空気が感じられて、私は好きなポップスを口ずさんでいた。エプロンのポケットに入れてある携帯電話がプルプルと震えたので取り出してみる。海人からの電話だった。

「おっす。紗希、今どこにいる？」

「どこって、民宿よ。いろいろ忙しいの」

「わかった。今からちょっと、そっち行くから」

「だからあ、忙しいんだってば」

しかし、海人は一方的に電話を切った。

三十分もしないうちにやってきた。自転車を全速力でこいできたのか、息が荒い。

「十五分、いや、十分だけでいいから、ちょっと来て」

玄関の扉を開けたまま、私を手招きする。

「いろいろやることがあるの。今度にしてよ」

「だめなんだってば、今じゃなくちゃ！」

海人は強引に私の腕をつかんで引き下がらない。

「どうしたの？」

台所から道代さんが顔を出した。

「あのう、ちょっとだけ、紗希のこと借ります。すぐ戻ってきますから」

「紗希ちゃんも大変ねえ。仕方ないから海人くんのわがままにつきあってあげて。その代わり早めに戻ってね」

道代さんが台所に引っ込むと、海人は「早く！　早く！」と私を急かす。慌ててスニーカーに足を突っ込み、海人のあとに続いて玄関を出た。

自転車を二人乗りして、民宿の前の道を海岸の方へ向けて折れた。

「どこ行くの？」

「海だよ、海」

夕方の冷たい風を受けて、頬に鳥肌が立つ。手袋もしていないので、両手の指先がピリピリするくらい冷たい。

「初日の出の逆バージョン、見に行くんだよ」

「何？　それ」

私たちは海岸沿いの道路に出た。そこからコンクリートの階段を下り、こじんまりした砂浜に立った。西の空はサーモンピンクとオレンジを混ぜたような色をして、ところどころに浮かぶ雲に、太陽が当たって光っている。

「今年最後の日没。紗希と一緒に見ようと思ってさ」

私はまじまじと海人の顔を見た。寒風の中、自転車をこいだからだろう、頬は赤く染まり、短めの前髪が立っている。

「いいアイディアだろ？」

そう言うと、得意そうな顔をしてこちらを見た。

「そうだね。海人にしては上出来だね」

じっと見つめていると、夕陽はゆっくりと確実に水平線に近づいていく。それにつれて、少しずつライトの明かりを絞っていく舞台照明のように、足下から夕闇が忍び寄ってくる。

「今年、一番よかったことは？」

海人に聞かれて返答に困る。何と言っても、両親が離婚して家族がばらばらになったのだから、今年は負のイメージが強い。

「海人は？」

「オレ？　決まってんじゃん。紗希に会えたこと」

なぜかドキリとした。今までだって、そんなようなことはさんざん言われてきたのに。

「紗希は？」

海人は夕陽を見つめたまま聞いた。私も夕陽を見つめて答えた。

「そうだなあ。やっぱり、ここに来たことかな」

「そうかあ」

太陽が水平線に接するくらい沈んできた。空はまるでオーケストラを奏でているように華やかに、光と雲の織りなすショーを終えようとしている。空と海のはざまから投げかけられる今年最後の輝きを、私と海人は無言で見続けていた。

太陽が完全に海に沈むと、海は照明の落ちた舞台のように暗くなる。

「よし、帰ろう。道代さんに怒られると大変だからな」

私たちは階段を駆け上がる。海人が自転車にまたがり、私も荷台に座った。

「あー、サイコーによかったなあ！」

そう叫んでこぎ始めた海人に私も応えた。

「うん、サイコーによかったあ！」

頬に当たる風は、さっきよりももっと冷たかった。

第六章

新たな季節

1

正月の三が日は瞬く間に過ぎた。年の瀬からずっと忙しい日々が続いていた。松飾りをはずし、地元の学校がスタートするころになってようやく、普段どおりの生活に戻ってきた。

一月半ばの週末に、私は東京の自宅を訪れた。先月、父と電話で約束したからだ。土曜日の朝一番のバスに乗り、電車を乗り継いで東京に向かう。東京駅から中央線に乗り換え、もう少しで家に着くと思ったらほっとして、急に疲れを感じた。

家に着いたのは昼ごろだった。玄関のドアを押し開けながら「ただいまあ」と声を張り上げると、「おお、紗希かあ。お帰り」と奥から父の声が聞こえてきた。

居間に入ると、ダイニングの向こうにあるキッチンで、驚いたことに黒いエプロン姿の父がガス台の前に立っている。

「お父さん！　どうしたの？」

「今日の昼ごはんはスパゲティだぞ。この前作ってみたらうまくいったから、今日は紗希にご馳走してあげられるよ」

ガスに火を点け、フライパンに油をひく。よく温まってからスライスしたニンニクを入れると、食欲をそそる香りが広がった。

「すごいねえ。まるでシェフだよ」

「料理ってやつも、いろいろやってみると面白いぞ」

そう言いながら、今度は細く切ったベーコンと一口サイズに切ったトマトをフライパンに入れて炒め始めた。どことなく慣れない手つきだが、火加減を上手に調整しながらフライパンをゆすっている。私は唖然として、フライパンと父の顔を交互に見つめた。

茹でたスパゲティにオリーブオイルをからめ、先ほど炒めたベーコンとトマトを和え、塩と胡椒で味を調えると、おいしそうなトマト入りスパゲティができあがった。

白いレースのカーテン越しに明るい日差しが差し込む、うららかな冬の昼下がりだった。父と私はダイニングテーブルに向かい合って座り、スパゲティを味わった。

食べ終わるとコーヒーをいれ、居間のソファに腰を下ろして話をした。私が伊豆での出来事を話すと、父はとても楽しそうに聞いていた。

「あの子はどうしてる？　なんていったっけかな、あのたくましい男の子は」

「ああ、海人ね。元気にしてるよ」

そして私は、海人の家に招かれて彼の同級生たちと食事をしたこと、大晦日に夕陽を見に砂浜まで行ったことを話した。

「その年最後の日没かあ。そうだな、初日の出を見に行くのは普通だけど、一年納めの夕陽っていうのも、なかなか意味がありそうだな」

「すごくきれいだったの。でも考えてみれば、あそこは西伊豆だから、やっぱり日の出よりも日没がきれいに見えるよね」

「まあそうだろうけど、夕陽を見るのに紗希を誘ったのは、やっぱり何か特別な意味があるんじゃないのか？」

父が笑顔になる。私はふふんと鼻先で笑った。


夕方七時過ぎに家を出て、父のお気に入りのスナックに向かった。店は駅の反対側にあり、自宅からは歩いて二十分ほどかかった。

駅前のロータリーから脇道に入り、二つ目の角を曲がると〈こゆき〉と書かれた小さな看板が目に入った。

「こゆき、ってママさんの名前？」

「いや、お店を開くことを決めた日に小雪が舞ったからだって聞いたよ」

「へえ。なんだか素敵ね」

父が木製のドアを押し開けると、ドアに付いているベルがカランと鳴った。私もあとについて店に入った。

店内はほの暗く、落ち着いた雰囲気だった。正面のカウンターに五人分のイスがあり、右手に小さなテーブル席が二つあるだけのこじんまりした店だ。

「あら、村瀬さん、お待ちしてました」

ママさんは父に笑顔を向け、続いて私を見て会釈をした。ウエーブのかかった肩までの髪をバレッタで留めていて、キラキラ光る小ぶりのイヤリングが美貌に華を添えている。

「お嬢さんの紗希さんね？　はじめまして」

「こんばんは」

ぎこちなく頭を下げた。父に促され、カウンターの端の席に並んで腰を掛ける。座るとイスがわずかに回転してキュッと鳴った。

「伊豆の民宿でアルバイトなさってるんですってね」

ママさんはカットグラスにカラカラと氷を入れながら言った。私がうなずくと、「ステキね、海のすぐそばで暮らすなんて、憧れちゃう」と微笑んだ。

ママさんは、若かったころに伊豆でダイビングをしたことがあると言う。

「好きだった先輩に連れていってもらってね」

その人を思い出すかのようにうっとりした顔をした。

「それでどうなったんですか？」

「本命の彼女がいたのよ。嫌なヤツでしょ」

「ほんと」

私たちは苦笑した。

「その嫌なヤツに父さんが似てるんだってさ」

グラスを口に持って行きかけた手を止めて父が言う。

「そうなの。初めてお店に来てくれたときに、誰かに似てるなあって思って、よーく考えたら、ああ！　アイツかあ、ってね」

ママさんは恋多き学生時代を送ったようで、いろいろな体験談を聞かせてくれた。

「おいおい、あんまり紗希を刺激しないでほしいね」

父はウイスキーがまわってきたのか饒舌だった。

「野暮ねえ。女同士の恋の話ほど楽しいものはないのよ」

ドアベルが鳴った。二人組の客が入ってきた。ママさんは「いらっしゃいませ」と笑顔を向けてから、少し私たちに顔を寄せてささやく。

「それに、女は誰かを好きになって、思い詰めて、泣いて、そうやってきれいになっていくものなの」

ママさんのイヤリングが、光を反射してキラリと輝いた。

入ってきた二人の男性は、この店の常連らしかった。

「村瀬さん、今日はまたずいぶん若くて美人の彼女を連れてるねえ」などと冷やかされた父は、「ちょっと悪い」と私に断ってから、彼らのテーブルの横に移動した。その席にお酒とつまみを出したママさんが、背後の戸棚からきれいな箱を取り出した。

「これね、お客さまからいただいたチョコなんだけど、すごく美味しいの。紗希ちゃん、ひとついかが?」

有名なブランドのチョコレートで、金と銀の包み紙に個包装されている。ひとつつまんで口に入れると、わずかなほろ苦さと濃厚なカカオの味が広がった。

「美味しい！」

「ほんと？　じゃあ、好きなだけ食べちゃって、私のダイエットに協力してね」

ママさんはペロリと舌を出して笑う。美人で茶目っ気のある彼女のことが、私は好きになった。

「父が苦しいとき、ママさんに救われたんだって言ってました」

「救われたなんて、大げさね」

目を細めると、目尻に細かいしわが寄る。たぶん父と同世代くらいなのだろう。

「ここに来るようになったばかりのころはね、もう誰も近寄るな！　って感じのオーラ全開だったのよ。暗い目つきして、ピリピリして、うつむいて座ってた」

私が実家にいたころの父だ。

「他のお客さんとケンカになったって本当ですか？」

「え？　ああ、そうだったわね。相手はあの人」

ママさんは、父の横に座って楽しそうに話している中年の男性を指差した。

「えっ！」

驚いた。かつての敵は飲み友達になったらしい。

「わからないわね、人の縁なんて。ケンカがなかったら、あの二人はあんなに仲良くならなかったわよ、きっと」

そういうこともあるのか。私は父たちを見つめた。

「お父さんもつらい思いをなさったけど、紗希ちゃんも寂しい思いをしたわね」

ママさんは、粗くつぶしたゆで卵と刻んだハムを和えたサラダスパゲティをガラスの小鉢にこんもりと盛りつけて、私の前に置いた。

「自分の気持ちの中では、だいぶ消化できてきたと思います。でも、やっぱり、どうして？　って考えずにはいられない。なんでこうなってしまったんだろうって。それに、母に対して許せない気持ちがどうしても消えないんです」

この人になら言ってもいいような気になった。

「許せない……か」

「みんな普通の家庭で暮らして、普通に幸せな生活してるのに、どうしてうちだけこんな不幸にならなくちゃいけないの、って思うんです」

ママさんは少し考えてから言った。

「確かにね、家族がバラバラに暮らすっていうのは、悲しいわね。それは、そうだわ」

うなずきながらそう言い、それから私の顔を見つめる。

「自分が不幸だって感じた時点で、その人はきっと不幸なんだろうけど、でも、その尺度って万人共通のものではないわけじゃない？　どれだけのことを不幸と感じるかは、その人次第ってことよ」

父たちのテーブルで笑い声が起こった。

「そうですかあ、そりゃあおめでとうございます」

快活な父の声がする。

「紗希ちゃんのところはお母さんが家を出てしまった。でも、例えば病気や事故でお母さんを亡くした人にしてみれば、生きていてくれればいいじゃないか、会おうと思えば会えるんだし、と言うかもしれない。逆に、ひどい病気で意識もないまま延命装置でただ生かされている親を見て、死んだ方が楽になれるのにと思う人もいるかもしれない」

ママさんは静かに話す。

「お父さんは入院したけど、以来健康に気をつけるようになったし、自分で料理までするようになった。紗希ちゃんは伊豆で新しい何かに出会ったはず。不幸から始まっても、そこからまた新たな展開がある。人生ってそういうことの連続かもね」

そしてママさんはニコッと笑い、「なんちゃって」と付け足した。父がカウンターに戻ってきた。

「若林さん、お孫さんが生まれたんだってねえ」

「あら、初耳。それじゃあ、お祝いに何かご馳走しようかしら」

「孫かあ……。そんな歳になったのかなあ」

父は感慨深げにため息をつく。

「うちは当分先だから安心して」

私がそう言うと、「安心なんだか、心配なのか」と笑った。

ママさんが言うとおり、誰しも幸と不幸を重ねながら歩んでいくのだろう。私も父も、伊豆で出会った人たちも。

清司さんは？　麻美ちゃんを失った悲しみからいまだに抜け出せない彼にも、いつか幸福な時間が訪れるのだろうか。もしそうなったとしても、そのとき彼の隣にいるのは私ではないのだろう。やはり陶子さんなのだろうか。「人の気持ちは、好きとか嫌いとかそんな単純な言葉では表せない」と言った陶子さんは、彼に対して私より何十倍も強くて深い想いを抱いているのかもしれない。彼の弱さも心の病も全部そのまま受けとめて、自分のつらさを押しつぶしてまでも清司さんを支えようとするのだから。

あの二人がいつか穏やかに笑い合えればいいのに……。心からそう願った。

週末に二泊して、月曜日の昼前に父と一緒に家を出た。

父は午後出勤にしてもらったという。

「大丈夫なの？」

「娘が帰ってきてるんだから、当然じゃないか。平気だよ」

「ふーん」

私が不思議そうにつぶやいたのを見て、父は言った。

「生活の中にある物事の優先順位を入れ替えたんだよ」

新宿で電車を乗り換える父と別れた。互いが見えなくなるまで手を振った。

東京駅は数え切れないほどの人たちであふれかえっていた。私は人混みの間をすり抜けて、東海道線のホームを目指した。駅弁とお茶を買い込みホームに着いたときに、マナーモードの携帯電話がプルプルと震えているのに気づいた。思ったとおり、海人からだった。

「もしもーし」

なんとなく嬉しい気分になって、おどけて答えた。

「よう、紗希。今どこ？」

「東京駅で電車待ち」

「そっか」

すると海人は、そばにいる誰かに「東京駅らしいよ」と話している。

「何？　どうかした？」

返事がない。

「ねえ、どうしたのー？」

「え？　ああ、別になんでもない。ばあちゃんが、何時ごろかなあっていうんで聞いただけだよ」

「ふーん」

どこか腑に落ちないものを感じながら、「じゃあね」と電話を切った。

銀色の車体にオレンジとグリーンが塗られた東海道線がホームに入ってきた。私はバッグを肩にかけ直して乗車口に向かった。

バスを降りたときには、もうすっかり日が暮れていた。私は無意識のうちに海人の姿を探していた。そのことに気づいて気恥ずかしくなったとき、「紗希ちゃん」と声をかけられた。道代さんだった。

「あ！　びっくりした」

私が笑ったのに、道代さんは笑わなかった。

「紗希ちゃん、あのね」

道代さんは明らかにどこか普段と違っていた。

「どうかしたんですか？」

東京駅で聞いた海人の声を思い出す。身体の真ん中にある空洞に氷を一粒投げ込まれたかのような冷たい予感に襲われた。

「お母さんから頼まれて迎えにきたの」

「シマ子さんから？」

道代さんは「うん」とうなずいてから、視線をわずかに逸らせて言った。

「石田清司さん……知ってるわよね。亡くなったの、今朝がた」

道代さんがフェードアウトしていく。私を取り囲む世界が、音もなく溶けるように、その形を失っていった。


「交通事故」だとシマ子さんは言った。道代さんは「いろいろあったんじゃないの？」と言っていた。修介さんは沈黙を守っていた。海人も何も言わなかった。

私が東京から戻った翌日、清司さんの通夜が営まれた。通夜といっても、斎場を借りたわけではない。ひっそりと暮らしていたアパートの一室に、白木の棺に横たわった清司さんがいて、白い菊の花が入った花びんと小さな焼香台、それと蓮の花が描かれた灯明が置かれただけだった。

棺の前には、黒いカーディガンを羽織った陶子さんが座り、その横には夏の花火大会の日に見かけた長女の美雪ちゃんと、弟の翔くんがじっと座っている。私はただ呆然と、いつか清司さんが腰掛けていた窓枠の脇にたたずんでいた。

焼香に来てくれたのはほんのわずかな人数だった。中にはひそひそと話をする人もいた。しかし、陶子さんは顔色ひとつ変えずに、黙って清司さんのそばに座っていた。

みんながあれこれと清司さんの死についてささやき合い、さまざまな憶測が行き交っていることには気づいていた。そうしたことが陶子さんをよけいに傷つけるのではないかと、私はそれが心配だった。

しかし陶子さんは、そんな噂話などまったく聞こえないように、背筋をまっすぐにして座り続けた。彼女にしてみれば、清司さんがどうして死んだかなどという理由は、どうでもよかったのかもしれない。清司さんがこの世からいなくなったという事実の重みに比べれば……。

涙すら流さない陶子さんを見ていると、この人が本当に悲しんでいることがよくわかった。泣くことすらできない悲しみほど、つらいものがあるだろうか。

通夜と同じように、葬儀もひっそりと行われた。お経をあげる僧侶でさえ、声を潜めているように感じられた。陶子さんは、やはり背筋をまっすぐに伸ばして座っていた。

火葬場には、陶子さん親子とシマ子さんがついていくことになった。

「紗希ちゃんはどうする?」

シマ子さんにそう言われたとき、清司さんの身体がごうごうと燃える火に包まれることを想像していたたまれなくなり、黙って首を横に振った。

「じゃあ、私と陶子ちゃんでついていくからね。紗希ちゃん、ひとりで帰れるかい？」

「のんびり歩いて帰ります」

軽く頭を下げてから陶子さんに目をやった。彼女も私の方をチラリと見て、無表情のまま頭を下げた。今日は結われていない黒い髪が陶子さんの白い顔にかかったのを見たら、涙がこみ上げてきた。


清司さんのアパートを出ると、私は海岸に向かった。夏の間、シマ子さんが海の家を開いていた場所だ。

冬の昼下がり、砂浜には誰もいなかった。空は穏やかに晴れ上がり、風もなく、波も静かだ。何度か清司さんとそうしたように、波打ち際に腰を下ろすと、足下に茶色の小さな巻き貝がひとつ落ちているのに気づいた。手のひらに載せて小さく揺すると、巻き貝はコロコロと転がった。ほんの三センチほどの貝だが、よく見ると白と茶色が細かく混じり合って美しい模様を織り成している。これとまったく同じ模様はこの世には存在しないだろう。

「地球の自然ってすごく理にかなってて、完璧な調和のもとにすべてが創られていると思うんだ。人間が作り出す芸術や技術もすごいけど、でもこの世の自然を超えるものはないような気がする」

清司さんはそう言った。彼が今この貝を見たら、きっと自分と同じように何か感じてくれるに違いない。手のひらの貝が、ゆらゆらと滲んで見えてくる。頬を伝う涙の跡に海風がやわらかく当たってひんやりと感じられた。私は清司さんを思いながら、黙って冬の海を見つめた。

しばらくして、誰かが歩いてきて私の横に立った。一瞬だけ清司さんかもしれないという思いが頭をよぎる。いや、そんなわけがない。即座にばかな考えを打ち消した。隣に座りこんだのは海人だった。

「ばあちゃんから民宿に電話があったのに、ちっとも帰ってこないから、もしかしたらここかなって思った」

海人は海の方を向いたまま、怒ったような顔をして言った。それから私たちは黙って並んで座り続けた。

「あの人の子どもも、交通事故で死んだんだってな」

海人がぽつりと言った。

「うん。ずっとそのことで苦しんでたみたい。自分が手を離さなければ……って。いつも遠くを見てるみたいで、寂しそうだったよ」

海人は「ふーん」と長い息を吐いた。私は胸の奥に引っ掛かっていたことを口にしてみた。

「ほんとに事故だったのかな」

海人が私の顔を見た。

「事故だったんだろ」

「うん……そうだね」

私はうつむいた。

「夜中の二時ごろだったらしいな。ふらっと道に飛び出してきたって、そんな話だった」

「麻美ちゃんに会いたかったのかな……」

清司さんは自らそれを選んだのではないか、私にはそう思えてならなかった。

海人が両手で自分のひざ頭をギュッとつかんでから言った。

「どっちにしろ、もういないんだ。そっとしといてやれよ」

2

清司さんがいなくなっても、しばらくすると私たちは普段の生活に戻っていった。早春の便りを耳にするころになると、民宿にも次第にお客さんが増えてきた。熱海の梅まつりや、伊豆の河津桜が咲き始めたことがテレビのニュースで流れ、日々の暮らしのそこここに春の訪れが感じられた。

天気がよく、陽の光がとても明るい日に、海人が高校の制服姿で民宿にやってきた。

「あれ？　学校は？」

「期末テスト中だから、もう終わった」

なんの遠慮もなく玄関で靴を脱ぐと、「あー腹減ったあ」と言いながら上がってくる。

調理場から修介さんが顔を出した。

「よ、海人か。今日の昼は味噌煮込みうどんにするぞ。食ってくか？」

「ひゃっほう！　いっただきまーっす」

急にテンションが上がった海人は、廊下をスキップしていく。私もあとに続いた。

奥の部屋では、道代さんが台所に立っているのだろう。食欲をそそる味噌のいい香りが漂ってくる。海人と私は部屋に入るとこたつに座りこんだ。

「あら海人。学校さぼったんじゃないでしょうね」

「今、テスト中なんで早いんっす」

こたつの上にあるみかんに手を伸ばしながら答える。

「それでうちに昼ご飯食べにきたのね」

どこからかムサがやってきて、私の足下からこたつの中にもぐりこむ。

「紗希、午後は暇か？」

「ううん。大学に出す書類書いて送らないといけないから」

私もみかんに手を伸ばした。ひんやりしたみかんの皮に親指の爪を立てると、柑橘系の香りがぱあっと部屋に広がった。

「来月の終わりには学校にも行かないと。学務課で手続きがあるの」

「そっか」

海人はそう言ってしばらくしてから、「大学、戻るんだもんな」と付け足した。

「仕方ない。じゃあ、こいつと遊んでやるかあ」

こたつの中からムサを引きずり出すと、両手で抱えて顔の高さまで持ち上げる。ムサはしっぽを左右にゆっくりと動かしながら、されるままになっていた。

「さあ、メシ、メシ！」

修介さんがバタバタと部屋に入ってきた。

「紗希ちゃん、これ運んでー」

道代さんの声に私は立ち上がった。


三月の二週目に海人の卒業式があった。当日の朝七時に、海人に電話をかけてみた。

「どうしたんだ？」

電話口で驚いている。

「卒業おめでとう。それだけ」

「なんだ、そうかあ！　何かあったのかと思ったあ」

私たちは笑った。

「卒業式でヘマしないようにね！」

「おう。最後までカッコよくきめてくっからさ！」

電話を閉じて小さくため息をつく。東京に戻ればこんなふうに海人としゃべったりふざけたりすることもできなくなる。ふと、物悲しい気持ちになった。海人は卒業後、店を継ぐために両親と一緒に働くことになっている。仕事を覚え、収入を得て、一人前の大人へと成長していく。

自分はこれからどうやって生きていこう。まずは大学に戻るにしても、卒業までに何をして生きていくのか決めなくてはならないのだ。漠然と、どこかの会社に就職して……と思っていたけれど、そんな気持ちでは何かが足りないような感じがする。生きるということは、ただ日々を消化していくことではない、と今は思う。

「立ち止まって動かないことだって、生きているひとつの形なのかもしれないしね」

清司さんはそう言った。けれど、自分はやはりゆっくりでもいいから自らの足で前に歩いていきたい。海人や陶子さん、道代さんやシマ子さん、そして父のように。

その晩、父に電話をかけた。

「予定どおり、次の土曜日に帰るね」

受話器の向こうから聞こえる父の声は明るかった。

「東京駅まで迎えに行こうか？　どこかで夕飯食べるのもいいし」

「え？　いいよ。それよりお父さんの手料理が食べたいな」

「あはは、そうか？」

父が笑う。私も顔がほころぶ。

「じゃあ、とっておきのメニューを考えておくよ」

電話を切ってから足下に視線を落とすと、八ヵ月の間、ほぼ毎日磨いた廊下の木目が鈍く光っていた。


東京に戻る前日、私は高台の墓地を訪れた。急な階段を上りながら、シマ子さんと初めてここを訪れたことや、嵐の中、陶子さんに責め立てられながら歩いたことを思い起こした。遠くに見える海が、青く美しい。

階段を上りきったときに、どこからか子どもの声が聞こえた。その声に引かれるように、私はお墓に向かって歩いた。

「お姉ちゃん、待ってー」

男の子の声に続いて女の人が叫んだ。

「翔！　また転ぶよ！」

ハッとして立ち止まると、あたりを走り回る翔くんと美雪ちゃんが見えた。そのそばには陶子さんが腰を下ろしている。

「ああ、のど渇いたあ」

「ほら、まだジュース残ってるから座って飲みなよ」

陶子さんが座っているすぐ横には、小さくて真新しいお墓があるはずだった。

「さ、そろそろおじちゃんのお墓にバイバイして帰ろうか」

「えー。もうちょっとここにいようよ」

翔くんと美雪ちゃんが陶子さんを挟んで両側に座る。三人は揃って海の方へ顔を向けた。

清司さん、この三人が見えますか？　あなたのことをこんなに大切に思っている人たちのことが……。

私は清司さんのお墓の方を向いて手を合わせ、軽く頭を下げた。それから三人に気づかれないように、静かに今来た道を戻りはじめた。

民宿での最後の晩、夕食の片付けが終わってから道代さんたちと食卓を囲んだ。当然のように海人も来ている。修介さんが腕をふるい、刺身の船盛りと天ぷらを用意してくれた。

「紗希ちゃんがいなくなっちゃうなんて、信じられないよ。民宿の灯が消えちゃうみたいに寂しいだろうなあ」

ビールと焼酎で酔っぱらった修介さんが、同じことを何度も言った。道代さんは笑いながら「ホントにそうね」とうなずいていた。

遅い夕食を終えて、家に帰る海人を送りながら一緒に外に出た。煌々と明るい月が輝く空の下を並んで歩く。海人は自転車を押して歩いていた。

カラカラ、カラカラ……。自転車の車輪が立てる音が、静かな通りに小さく響く。珍しく黙っている海人の横で、落ち着かない気分になった。

「紗希さあ」、海人がふいにつぶやく。

「次はいつ来るんだ?」

私たちはゆっくりと歩き続けた。

「うん……まだ決まってない……かな」

「そっか、そうだよな。学校戻ったら、また忙しくなるんだもんな」

海人は自分に言い聞かせるようにうなずく。

「海人だって忙しくなるんじゃないの。魚屋さんの仕事も大変でしょ」

「うん、まあそうだなあ」

しばらく会えなくなるのにまだ実感が湧かない。明日も明後日も、今までと同じように海人はそばにいるように思える。

そのとき、海人が急に立ち止まった。

「もう、ここでいいよ。あんまり遠くまで行ったら、また民宿まで紗希を送ることになっちまう」

それから海人は上着のポケットの中に手を入れて何かを取り出した。

「これ、紗希にやるよ。気に入るかどうかわかんないけど」

白い袋の口を濃いピンクのリボンで縛ったプレゼントを差し出した。

「えっ、ほんとに？　開けてもいい？」

「笑うなよ」

海人が恥ずかしそうに微笑んだ。中から出てきた白い箱を開けると、銀色のネックレスが入っていた。小さな輪が三つ並んでいて、細い鎖がその中心を通っている。

「あ、かわいい！」

「クラスの友達のねえちゃんに選んでもらったんだ。オレ、そういうのよくわかんねえから」

ネックレスを取り出して指にかけると、月明かりの中でうっすらと輝く。三つ並んだ銀の輪がゆらゆらと揺れた。

「ありがと。大事にするね」

海人は前方にまっすぐ伸びる道路の方に目を向けたままだった。

「今度、紗希がここに来るまでに、オレ、できるだけ仕事覚えて、少しでも一人前になれるようにがんばるから。そしたら、マジで……本気でオレの気持ちを言うから」

心臓がドクンと跳ね上がった。

「紗希にとって、高校生なんてガキみたいなもんだろ。だから、もっと成長して大人になって待ってるからさ。必ずもう一度ここに来いよ」

身体中の血管が脈を打っているように、頭の中でドクンドクンと音が鳴り響く。返す言葉も出てこないまま、私は海人の顔を見つめて立っていた。

「な？」

急に海人が自分より大きく感じられた。身体ではなく、男として、人間として。「うん」と言うつもりだったのに声が出ないまま、私はコクンとうなずいた。

「明日は見送りに来てやっからさ、またな」

自転車にまたがり、海人は私に背を向けて走り出した。ぐぐん、ぐぐんと自転車を立ちこぎしながら、わずかに上り坂になっている道を進んでいく。その後ろ姿を見ているうちに、よくわからない衝動に突き上げられて、私は海人を追って走り出した。

パタパタという私の足音に気づいたのか、海人は自転車を止めて振り返る。

「どうした？」

呼吸が乱れて、肩がゆっくりと上下する。何か言いたいのに、言葉が見つからない。自分でもよくわからないこの気持ちを伝えることは不可能に思えた。

私が黙ったまま首を横に振ると、海人はニッと笑った。それから左手をふわりと私の頭に乗せた。

「んじゃ、な」

海人は先ほどと同じように、再び自転車にまたがってこぎ出した。私は今度はそのまま後ろ姿を見送った。頭には、まだ海人の手の感触が残っていた。

翌日、昼過ぎのバスに乗って伊豆の町を離れた。

バス停では、修介さんと道代さん、シマ子さん、そして海人が見送ってくれた。

「兄さんによろしく」

修介さんに続いて道代さんが「また遊びに来てくださいって伝えてね」と言った。シマ子さんは、干物だの漬物だのとお土産をたくさん持たせてくれた。

「紗希ちゃん、またいつでもおいでよ。待ってるからね」

シマ子さんは、そう言ってうん、うんとうなずいた。

海人は何も言わなかった。私と視線が合うと「じゃ、な」とつぶやいただけだった。それでも、私が昨日もらったネックレスをしていたのには気づいたはずだった。

バスの一番後ろの席に座り、後ろを向いたまま、私は四人に手を振った。みんなも手を振ってくれた。その姿がだんだんと小さくなり、ついにはバスがカーブを曲がって見えなくなった。

自宅に着くと、エプロンをした父が玄関のドアを開けて迎えてくれた。

「わあ、いい匂いがする」

私が声を上げると、父は得意そうな顔で言った。

「今日は和食メニューだぞ。イカと大根の煮物に、揚げ出し豆腐。どうだ、すごいだろう」

「へえ！　まるで小料理屋みたいだね」

旅行カバンをリビングの隅に置くと、私は台所に行って鍋の蓋を開けてみた。色艶よく煮込まれたイカと大根が入っている。

「それにビールと日本酒で乾杯だ」

そう言いながら父はいそいそと食器棚から皿を取り出し始めた。


風呂から出てくると、父が「さっき、ケータイが鳴ってたぞ」と言う。見ると、海人からメールが届いていた。

〈無事に着いたか？　それと、ネックレス、似合ってた〉

電話をかけて海人の声を聞きたくなったが、メールだけを返した。

〈無事に着いたよ。メールありがとう〉

携帯電話をテーブルに置こうとして、そこにある一枚の紙が目に留まった。誰かの電話番号が書いてあった。

「これ、誰の番号？」

父は私の方をチラリと見て、さりげなく答える。

「母さんの新しいケータイの番号だよ。もし気が向いたら紗希のケータイにも登録しておいていいよ」

私はどう反応していいかわからなかった。少し考えてから父に聞いてみた。

「お父さんは、登録してあるの？」

父はこちらを見ずに答える。

「ま、一応な」

「ふーん」

私はしばらくそのメモを眺めた。

ここに電話すれば、母が出る。

かけてなんかやるものか！　一瞬そう思ったが、ふと清司さんを思い出した。

「ぼくはどんな生き方も否定したくないんだ」

彼はまるで春の終わりの風に飛ばされたタンポポの綿毛のように、そっといなくなってしまった。心の病も持っていたし、弱い人間でもあったのかもしれない。でも、清司さんの言葉は不思議な力を持ち、私の心を温かく包んでくれた。清司さんならなんて言うかな、と考える。口元がふっと緩んだ。

私はメモを見ながら母の番号を登録した。父がそれを見ているのを感じながら……。落ち着いたら、母に電話してみようかな、と考える。何を話そうか？　父が料理に凝っていることか、それとも半年休学して伊豆にいたことか。

そうだ、母に海人のことを話そう。こんなヤツに会ったんだよ、と言おう。母は「そうなの。それで？」と聞いてくるだろうか、昔のように。

そしたら私はなんと答えるのだろう。

たぶん母にはこう言うと思う。

「けっこういいヤツなの。私のこと待ってるって言うから、また会いに行くつもりなんだ」

父が冷蔵庫を開けて言う。

「そろそろ乾杯するか？」

「うん、いいね」

そう答えて、私は携帯電話をパチンと閉じた。


（了）

著者プロフィール
もりの ゆき

1963年、東京都生まれ。在住。
日本大学文理学部卒業。
公務員として5年8ヵ月勤務したあと、出産を機に退職。
その後、英語講師。
著書に『しあわせのタネ』『トライアングル』（いずれも文芸社）がある。

海辺の坂道

2011年8月15日　初版第1刷発行

著　者　もりの ゆき
発行者　瓜谷 綱延
発行所　株式会社文芸社
〒160-0022　東京都新宿区新宿1－10－1
電話　03-5369-3060（編集）
03-5369-2299（販売）

印刷所　株式会社エーヴィスシステムズ

ISBN978-4-286-10763-9